『貴広、好きだ』
歓声にまぎれなかった最後の言葉にあっけにとられ、
僕は優勝を祝うどころじゃなくなってしまった。
（「熱視線」P.8より）

僕の反応に満足した様子で高木先輩が車から降りてくる。後ろからほかの車が来ないのを確認して、僕を支えるようにして助手席のドアを開けてくれる。そこまでしてくれなくても、僕は一人で乗れるのに。

（「太陽の季節」P.176より）

熱視線

篠 稲穂

キャラ文庫

この作品はフィクションです。
実在の人物・団体・事件などにはいっさい関係ありません。

目次

口絵・本文イラスト／夏乃あゆみ

熱視線

ゴール前に立ち尽くした彼は、少し青ざめて見えた。悠然《ゆうぜん》とした気配は失われ、精悍《せいかん》な面差《おもざ》しがどんどん陰《かげ》っていくのが気がかりだった。

放課後のグラウンドで、シュートミスを連発しているのは、僕達G学院高等学校サッカー部のエースストライカー、高木勇一郎《たかぎゆういちろう》先輩だ。

ゴール前のシュートは、まず外さない人だった。ゴールに近づけば近づくほど冷静になるタイプの、頼れるストライカーだった。先月のインターハイを自らの足で制した人が、こんなに調子を崩してしまうなんて。

僕のせいじゃないと首を振ってみても、あの夏の日の残像は振り払えなかった。

八月、インターハイ決勝。

延長戦にもつれこんでも、フィールドの高木先輩に重苦しい雰囲気《ふんいき》はなかった。接戦を感じさせない、余裕の笑みさえ浮かべていた。最後は彼が決めてくれると信じているから、イレブンやベンチの僕達は、負ける気がしなかった。

次の瞬間、高木先輩は自らの足で優勝をもぎ取ると、まっすぐにベンチに走って来た。一番に僕のところへ来てくれた理由は知るはずもなかったけれど、僕はとにかく抱きついて、みんなと同じようにはしゃぎまくった。耳元で熱っぽくささやかれるまでは。

『貴広《たかひろ》、貴広』

かき抱《いだ》かれて何度も名前を呼ばれる。

『貴広、好きだ』

歓声にまぎれなかった最後の言葉にあっけにとられ、僕は優勝を祝うどころじゃなくなってしまった。


「集中！　高木、いいかげん決めろ！　次の試合も近いんだぞ！　おらおら、ほかのやつらも人のこと見てないで足動かせ！」

部長の上野《うえの》先輩の怒鳴り声に、一気に夏の気配が消える。

エースの不調に動揺していた部員達は、カツを入れられ練習を再開させた。

夏が過ぎても、サッカー部の三年生は、よほどのことがない限り引退しない。高校サッカーでは、冬の選手権大会を制覇《せいは》することが最大の目標であるのだし、サッカー生活のまとめとして臨む大舞台でもある。その大会の予選が間近に迫ってきているから、よけいにエースの動向が気にかかる。

「……広、貴広。コラッ、杉山《すぎやま》貴広！　まだ、足が動いてないぞ！」

上野先輩に名指しされてしまい、僕は我に返った。

「す、すみません」

あわてて動き出そうとして、ギクリとする。

ゴールに向かっていた高木先輩が、いつの間にかこっちを向いていた。

「貴広」

唇《くちびる》が、僕の名前をかたどる。声は届かないけれど、はっきりと呼ばれた。

以前なら、一も二もなく飛んで行ったのだけれど。

超高校級のストライカーは、人一倍練習熱心だったし、僕達後輩の面倒もよく見てくれていた。個人的な居残り練習にだって、よく僕を誘ってくれた。自分の練習そっちのけで、それこそ手取り足取り、日が暮れるまで指導してくれたものだった。

僕としても、そもそも高木先輩がいるから選んだ高校だった。高校サッカー界の英雄と一緒のグラウンドに立つことができるなんて夢のような話だった。

近くにいればいるほど格の違いを思い知ることになるのだけれど、たとえ彼のようにはなれなかったとしても、同じフィールドにいられるだけで嬉しかった。サッカー人として、同時代に生まれてこられたことを感謝していた。心から尊敬している人だった。

そういう意味でなら、僕は今だってすぐにでも高木先輩の元へ行きたいけれど。

僕は高木先輩に近寄るどころか、視線さえ受け止められずに、足元のボールに目を落とした。

それでも数秒後には気になって、高木先輩の位置を確認していた。またたく間に目が合ってしまう。

青ざめた彼の、視線だけが熱っぽい。

間違いなく追いかけられているのだと知り、鼓動が早駆けを始める。吸うばかりで吐くことができなくなって、どんどん息が苦しくなる。

過呼吸で意識が遠のきそうになったとき、再び部長の怒鳴り声がグラウンドに響いた。

「高木、やる気ないなら、外に出ろ！　ケガするだけだ！」

高木先輩は、ゆっくりと上野先輩のほうを振り返ると、覇気なくうなずいた。

グラウンドから去って行く高木先輩を、僕はほっとしたのと、気がかりなのと、相反する気持ちを抱《かか》えながら見送っていた。


練習後の部室で、次々と帰って行く部員達を後目《しりめ》に、僕はのろのろと着替えをした。

夏以来、それとなく避け続けていたけれど、話をしたほうがいいんだろうか。サッカーに集中してもらいたいと、僕なんかにかまけている場合じゃないと。

そこまで考えて、カッと頬《ほお》が火照《ほて》ってしまう。

好きだなんて、本当なんだろうか。

動揺したせいで、僕はシャツのボタンをかけ違えてしまっていた。斜めのラインが二本入っている二年生用のネクタイを結ぶのにも、とても手間取ってしまった。胸にエンブレムのついたブレザーを羽織《はお》って着替え終了。小さくため息をついてから、スポーツバッグを肩にかけた。

ドアに足を向けると、カチャリとドアが外側から開いた。入って来たのは高木先輩だった。

背が高く、がっしりと逞《たくま》しい体躯《たいく》は、室内では圧迫感さえある。短めに切り揃《そろ》えられた髪は彼の精悍な顔立ちをひき立てて、より雄々しい印象を与えている。

いつの間にか部室には人影がなく、僕ははっと高木先輩を見つめた。

一瞬まずいと思ったのが顔に出てしまったんだろう。高木先輩は、怒ったように表情を歪《ゆが》めた。

「お、お先に失礼します」

僕はぎくしゃくと、高木先輩のほうへ向かった。外に出るには彼の脇《わき》を通るしかなかった。

「貴広」

「…はい」

伏し目がちに返事をする。

「俺は本気だから」

ドアノブに置いた手が震《ふる》えてしまう気がして、ぐっと力をこめる。

「なんのことかわからないけど、先輩はサッカーに集中したほうがいいと思うんです」

あの夏の日、何も聞かなかったことにすれば、状況を変えられるかもしれない。変わって欲しかった。

「好きだ」

真剣な声に、僕の淡い期待は吹き飛ばされた。どういう種類の好意なのかと、本当なのかと、浅はかな質問をするまでもなかった。はぐらかせる段階は、とっくに過ぎていた。

「僕、男です」

だから、恋愛対象になるはずがないと。

「好きなんだ」

そんなことはわかっているというように、断固として繰り返された。

さらに、じりっと高木先輩に距離を縮められて、気が動転した。

「こ、困ります。僕は、そういうの困ります」

手が震えてしまって、出て行こうにも力が入らなかった。もたもたしていると、腕を摑《つか》まれ、ぐっとひっぱられた。僕は前のめりに高木先輩の胸へ倒れこんでしまい、すごい力で抱きしめられた。

息が止まりそうだった。実際に少しの間、息が詰まってしまう。

「……い、いやだ」

あわてて胸を押し返そうとしても、びくともしない。やっきになっても、体格的にまったくかなわなかった。

僕の体格は高校男子の平均並みだけれど、高木先輩はそれを軽々と超えている。百八十四センチ、七十六キロ。サッカー雑誌がこぞって載《の》せていたから詳しい数字まで知っている。

「離してください」

「だめなんだ！」

何がだめなのか、切羽詰《せっぱつ》まった声が、頭上からも胸からも響いてくる。

抱かれながらも、体がブルブル震えた。こわかった。この人の真剣さがこわかった。

「離して…ください」

高木先輩がその気にならなければ離してもらえないことがわかっていても、震えながら抵抗を続けた。

少しずつ体勢が崩れ、抱き直されそうになった瞬間、僕は胸から抜け出すと、ドアに飛びついた。

走りに走って、ほとんど逃げるように電車に飛び乗った。家に着いても、まだ高木先輩が追いかけて来るような気がして安心できなかった。自分の部屋に入ったとたん、それまでの緊張が解けてへたりこんだ。

どうしよう！　どうしよう！

動揺して、それ以上の言葉が思い浮かばなかった。背筋を伝う汗が冷たく、体は冷えていくのに、鼓動だけは激しく、いつまでも鎮まらなかった。

部室での一件があってから、高木先輩が部活に出て来なくなっていた。もう一週間だった。

「貴広、ちょっといいか？」

いつものように練習が終わって帰ろうとすると、部室を出たところで上野先輩に呼び止められた。

夕闇《ゆうやみ》が迫ってきている中、すばやく渡されたメモ用紙に目をこらす。

「えーと、それ、高木んちの住所なんだ」

高木先輩と聞いてギョッとした。

「あの馬鹿、いくら練習に出て来いって言っても全然聞かないいんだ。今回ばかりは俺じゃだめみたいだから、貴広、説得してきてくれ」

「説得って…」

「あいつ、今、身の振り方を決める大事な時期だろ。もうすぐ選手権の予選も始まるから、関係者だって目を光らせてる」

関係者というのは、Jリーグや大学のスカウトのことだった。うちのようなサッカーの名門校にとってはめずらしくもないけれど、今年は特に高木先輩をめあてに訪れるスカウトの数が多かった。

「でも、僕には説得なんてできません」

「いや、貴広なら…っていうより、あいつは今、貴広の話しか聞かないと思うんだ」

おかしな言い回しだった。部長の上野先輩を差し置いて、二年生の僕に発言力を見いだす理由を問いただしたくなる。

「どういう意味ですか?」

「意味は、うーん…」

上野先輩は、うなっているだけで、質問に答えてくれなかった。

「…とにかくさ、あいつ、このままじゃまずい。グラウンドに出て来ないどころか、おとといから学校にも来てなくって。何考えてんだか」

「学校にも来てないんですか?」

僕は目を見開いた。

瞬時に頭を過《よ》ぎったのは、退学という言葉だった。

サッカー部からは、年間を通して高い率で退学者が出る。

小、中学校時代にはレギュラーで活躍し、都道府県の特別指定選手になっていた、いわばサッカーエリートが、うちの部では補欠にさえなれないことがある。挫折《ざせつ》を感じて退部と同時に退学してしまう人がいるのは、大所帯の名門サッカー部ならではの、残酷な現実だった。

けれど、挫折とは一番遠いところにいるのが高木先輩のはずなのに。

「な、貴広も気になるだろ？　なんか馬鹿なこと考えてんじゃないかって思っちまうよな」

「まさか、高木先輩、サッカーやめたりしませんよね？」

「やめさせないさ。やめていいわけないだろ。あいつはサッカーと生きていくやつだ」

声高に断言していても、上野先輩の顔には、あせりが色濃く現れていた。

「マジに頼む。これから、行って来てくれ。貴広の顔見たら、気が変わるかもしれないんだ」

両肩をわしづかみされ、必死の形相で詰め寄られた。

「ちょっと、待ってください。無理です。僕の顔なんか見たって…」

「あいつにとって、貴広は特別なんだ。現に特別扱いされてただろ。居残りの特訓なんか、自分そっちのけで貴広のことばっかり見てやってたっていうし。筋トレだって、ケガがないようメニューまで作ってやってたって聞いたぞ。貴広はまだ細いから見てるほうがハラハラするって、自分が面倒見てやらなきゃだめなんだってあいつ笑ってた」

上野先輩は、そこまで言うと、苦笑いみたいなものを浮かべた。

「…確かに貴広はさ、顔とか雰囲気とか、まぁ、小綺麗《こぎれい》なやつだなーっとか、細そうで大丈夫かよって目が行くようなところもあるけど、でも、しっかりやってるじゃん。ちゃんと挨拶《あいさつ》できるし、練習にも真面目《まじめ》に出て来るし、人間関係のトラブルもない。よく見れば、そつがないくらいだ。俺ら三年がマンツーマンで面倒見るような必要まったくない。けど、高木はそうしなかっただろ？」

上野先輩の言う通り、特別扱いはしてもらっていた。居残りで特訓してもらったり、練習メニューを作ってもらっていたのは僕だけだった。高木先輩に気にかけてもらえて嬉しかった。少し有頂天になっていたのは認めるけれど、尊敬している人だったのだ。一時でも長く、同じグラウンドにいたいと思わないはずがない。まして、面倒を見てくれていたのが、僕のことをおかしな意味で好きだったからだなんて、考えてもみなかったし、今だって考えたくない。

「…だから、恩に着ろって言うわけじゃないんだけど。あ、この言い方じゃ言ってるようなもんか」

「…よくしてもらってます。けれど、僕は…」

無理なのだと言おうとして、言葉を重ねられた。

「悪いな。ホント、悪いと思ってる。けど、貴広だって、心配だよな？　様子見に行ってくれるよな？　顔を出して、ちょこっと元気づけてやってくれればいいからさ。それだけで、なんとかなると思うからさ」

本当になんとかなるんだろうか。

上野先輩の迫力に圧《お》されたわけじゃないけれど、僕は伏し目がちにうなずいた。

その夜、とまどいながら高木先輩の家に向かった。

最寄りの駅からバスに乗っている間も、住宅街を歩いている間も、何度ひき返しそうになったか。渡されたメモのわかりやすさに、上野先輩から託された思いの強さを感じ、なおさらため息が漏《も》れる。

僕だって立ち直ってもらいたいと思っている。けれど、会って何を言えばいいんだろう。

僕は不安と緊張で冷たくなってしまった指先で、玄関のチャイムを押した。

「こんばんは。サッカー部の杉山貴広といいますが、高木先輩いらっしゃいますか?」

おばさんは、僕の制服を見ると、はいはいと言って、大きな声で高木先輩を呼んだ。

「聞こえないみたいだけど、上がってもらってかまわないから。勇一郎の部屋は二階の一番奥ね」

夕飯の支度で手が離せないのだと、おばさんはあっさりと、台所に消えてしまった。

僕は言われた通り二階の奥まで行った。一度、深呼吸してから、ノックをする。返事はないけれど、覚悟を決めてドアを開けた。

高木先輩は開け放った窓のそばで、ドアに背を向けて座っていた。考え事をしているのか、窓の外を見ているだけで振り返りもしない。丸まった背中は少し不安だけれど、部屋の中にまだサッカーが生きていることにほっとする。

見えるところに物を置かない主義なのか、机の上にも床にもよけいなものが一切置かれていない。シンプルすぎて無機質にも見える部屋だけれど、使いこまれたサッカーボールが二つ、その存在を主張している。両方とも今は片隅に追いやられているようだけれど。

開けたドアを再びノックしてみる。

「うっせー、なんだよ」

高木先輩は不機嫌そうに振り返ると、驚いた表情をした。

驚いたのは僕も同じだった。高木先輩の手には短くなった煙草《たばこ》があった。

「貴広」

「高木先輩！」

僕は思わず駆け寄って、高木先輩の手から煙草を奪い揉《も》み消した。

「煙草なんかだめだ！」

高木先輩が年上ということも忘れて、怒鳴っていた。上下関係はほかの運動部に比べれば厳しくないほうだったけれど、上級生を怒鳴り飛ばしていいはずはなかった。

「…だめだと思います。残りはどこですか？　出してください」

高木先輩が動くまでもなく、僕は机の上にあった箱を見つけた。それを摑むと、間髪《かんはつ》いれずに窓の外に投げ捨てた。

「スポーツしている人が煙草を吸ったらどうなるか、わかっているでしょう？　体に悪いこと、どうしてするんですか？」

煙草は心肺《しんぱい》機能を急激に衰《おとろ》えさせるという。サッカーは激しいスポーツだから、体力の低下は選手生命を脅かすことになってしまう。

なぜ自虐《じぎゃく》的な行為をするのか、憤《いきどお》りにも近い感情が湧く。

「いいんだ」

高木先輩は、僕をじっと見ていたかと思うと、つぶやいて苦しそうに目を閉じた。

「いいって、何がいい…」

「おまえ、何しに来た」

僕が最後まで言わないうちに、低く遮《さえぎ》られる。

「先輩が…高木先輩が休んでるからって、上野先輩に聞いて」

すごんだ口調に、口ごもってしまう。

「上野に俺のご機嫌うかがい頼まれて、のこのこやってきたのか?」

「…上野先輩、今は大事な時期だって心配してました。練習、出たほうがいいんじゃないですか?」

「………」

難しい表情をしたかと思うと、押し黙ってしまった。

窓から吹き入る風が、高木先輩の前髪を揺らしていた。それすらわずらわしいというように、乱暴に髪に指を入れている。

「先輩!」

沈黙に焦《じ》れて、つい責めるような口調になってしまう。

「高木先輩にとってサッカーをすることって、一生を左右する問題でしょう。もっと、真剣に考えるべきだと思います」

ピクリと、高木先輩が顔を上げる。

「好きだって言ったの、真剣に考えてもくれないおまえが言うのか？」

「僕のせいにするんですか？」

ひるみながらも、にらみ返す。

「違う」

うめくように否定される。

「違うけど、おまえのことばっかり考えてて、自分でもどうにもできない」

「それとこれとは別の……なっ…」

突然、立ち上がった高木先輩に腕を摑まれる。強引にひき寄せられ、のけ反ったところに顔を寄せられた。

「やっ…」

目の前に迫ってくる高木先輩の顔を避けようと、首をねじる。けれど、あごを摑まれ、押さえつけるようにして唇を押しつけられた。

「やめっ」

抗《あらが》う言葉も最後まで言えず、息が詰まる。熱く湿った舌が口の中に入って来た。

「…んっ……」

舌は乱暴に動きまわり、僕の舌に絡まり、吸われた。僕は呼吸を取り戻そうと、空気を求めて口を開けようとする。そうすることで、深くつながってしまうことも知らないで。

呼吸困難でぐったりと胸に倒れこんでしまう。そうなって、ようやく唇が離れていった。

「何する…」

肩で息をしていると、押し倒されるようにしてフローリングの床に組み敷かれた。

「おかしいよな。こんなの変だし、まずいし。けど、考えないようにしたって、気がつくと目で追ってる。これ以上しつこくしたら嫌われるって、わかってるさ。それでもだめなんだ。この繊細《せんさい》そうな綺麗な顔、笑うと甘くなって、唇はどんな味がするだろうって。抱いたら壊れそうな薄い体も、じかに触れてみたくなって。もうたまらない」

生々しい言葉が恐ろしかった。

「は、離してくださいっ」

「苦しいんだ」

うめくように言われる。

僕は逃れたくて、やみくもに首を振った。さらに体を反転させようとすると、はずみでブレザーの前が乱れ、はだけてしまいそうになった。必死にブレザーをかき抱いたのがいけなかったのか、とたんに荒々しく剝《は》ぎ取られてしまう。

「どうして来たんだよ」

かすれた弱々しい声に反して、行動はめちゃくちゃだった。

ズボンからシャツをひっぱり出され、乱暴にめくり上げられる。露出した肌をまさぐられ、むしゃぶりつくみたいに口をつけられた。

「やっ、いやだっ、やめてください！」

その手の、唇の感触がいやで、払いのけようとすると、両手を一摑みにされてしまう。

ズボンに手をかけられ、ビクッとする。

「おまえ目の前にして、二度は抑えらんねぇよ」

片手でむしるようにベルトを外され、ジッパーを下ろされる。僕自身を探られ、じかに握られて、息を呑《の》んだ。

「いやだ、いや……痛っ……」

ギュウギュウと握られ、激しく上下にしごかれる。乱暴な行為に涙が滲《にじ》んだ。

「痛いのか？　そっとする、そっとするから」

手の力を緩《ゆる》められ、今度はやんわりと揉みこまれる。先端を二本の指で揉むようにされると、覚えのある感覚がやってきてしまう。

「あ……やっ、いやだっ…」

僕は猛然と首を振ったけれど、やめるどころかさらに熱心に動かされた。節くれ立った長い指で丁寧に追われると、どんなにいやだと思っても、翻弄《ほんろう》されずにいられなかった。

「ん……んっ……ーっ」

こんな形で達してしまったことに呆然《ぼうぜん》としていると、下着ごとズボンを下ろされた。

何をされるのかと、気づいたときにはもう膝《ひざ》を割られていた。

どれほどの有効な抵抗があるだろう。渾身《こんしん》の力をふりしぼっても、もう一度手を一摑みにされてしまえば動かせなくなった。上からのしかかられ、体全体を使って押さえこまれると、身じろぎすることさえできなくなった。

足の間のおかしな部分を探られ、信じられないくらい高ぶっている高木先輩を当てられる。

「い……」

貫かれた瞬間の悲鳴は、音になる前に高木先輩の唇にふさがれ、呑みこまれた。

鋭い痛みが腰から背中、脳天まで駆け抜ける。切り裂かれるような痛みは、とても我慢できるようなものじゃなかった。

「うぅっ……」

すすり泣いても、やめてくれなかった。

「好きだ、好きなんだ。貴広っ、貴広っ……」

何度も何度も名前を呼ばれた。そのたびに突き上げられ、どんどん動きが激しくなる。耐え難い痛みに体が支配され、もう何も考えられなかった。

いつ、終わったのだろう……。

僕は起き上がれもせず、ぐったりと天井を見ていた。

天井が白い。異様に白くて高かった。

高木先輩は、呆然とそばに座っていた。

「勇一郎、ごはんよー」

階下から、高木先輩を呼ぶおばさんの声が聞こえた。夕食を促《うなが》すのんきな呼び声だった。

「勇一郎ー、聞こえないのー?」

階段を上がってくる足音に、高木先輩は、我に返ったようだった。すばやく立ち上がっている。

「あとにする」

戸口で言うと、すぐにドアを閉めた。

そうして戻って来ると、また僕のとなりにがっくりと膝をついた。

「俺……」

何か言っていたけれど、耳に入らなかった。僕はわずかに残っている気力だけで上体を起こした。

乱れているシャツを直し、足元にくしゃくしゃになっているズボンを痛みを堪《こら》えながら穿《は》いた。ブレザーと、ネクタイを無造作に抱え、立ち上がった。

「っ……」

体に走った激痛に息を呑む。

痛みが去るまでの数秒、高木先輩の腕を掴んでしまう。

「た、貴広」

「まだ立つの無理だ。横になれ」

抱えられるように、もう一方の手が背中にまわった。

触れられた感触に、僕ははっと飛びすさり、激しく首を振った。体を駆け抜ける痛みと吐き気で倒れてしまいそうだったけれど、もう一刻だって近くにはいられなかった。

「貴広」

「いやだ……」

ふらふらと後ずさる。

「だめだ、そっち行くな。頼むから、早く座ってくれ。おまえ、真っ青なんだ」

「いやだ」

「貴広っ」

「いやだっ、いやだっ、いやだっ！　あんたなんか、大嫌…」

喉《のど》がひきつって、おしまいまで告げられなかった。

まともに捨て台詞《ゼリフ》も吐けないまま、僕は部屋から抜け出す。じりじり追いかけられる気配に、我慢ならなくなって転がるように階段を駆け降りた。もう絶対に捕まりたくなかった。

体のダメージがなくなるまで待っていられなかった。すぐに部活に出るのは無理だったけれど、学校は休まなかった。せめて、何事もなかったようにふるまうのが僕にできる精一杯だった。

週明けの放課後、風邪を理由に金土日と、三日休んでいた部活に行く。

出て来ないままの高木先輩が本当に退部するらしいと、部員達が部室で騒いでいた。

僕はすばやく着替えて、逃げるように部室を抜け出した。

「貴広、今日、マジであいつ退部届出すって言うんだ」

グラウンドに入るなり、上野先輩に捕まってしまう。

「…そうですか」

「おいっ、そんなあっさり納得するなよ。だって貴広、ここ何日か部活休んでたから聞けなかったけど、どうだったんだ？　木曜にあいつんとこ行ってくれたんだろ？」

生々しい感触と、すさまじい痛みが蘇《よみがえ》ってくるようで、きつく目をつぶった。

「貴広？」

怪訝《けげん》そうに声をかけられ、はっと目を開ける。

「行きましたけど、結局は本人の問題ですから」

「え？　……そりゃそうだけど、あいつがやめるんだぞ？　まさか、高校の部活レベルでつまずくのかよ？」

僕には関係ないことだと顔を背《そむ》けた。

退部するなら、それこそ先輩でも後輩でもなくなる。まったくかかわりのない人になるならそのほうがいい。

いいはずなんだと、ギュッと拳《こぶし》を握りしめた。

「あっ、高木！」

いきなり、上野先輩が叫ぶ。はっと顔を向けると、高木先輩が制服姿でグラウンドの隅に立っていた。

「僕は練習に戻ります」

「おい、ちょっと、貴広待ってくれって。一緒に高木に…」

上野先輩にすばやく腕を摑まれてしまい、僕は不自然なほど激しく振り払っていた。

「貴広」

礼を欠いた行為を咎《とが》めるでもなく、あぜんと見下ろされる。

「すみません。練習します」

「ああ、けど…。おまえ、なんか変だな。週末練習休んでたし、もしかして、まだどっか調子悪いのか?」

いまさらのように気遣われる。

「なんとも…」

動揺のあまり、なんともないようには言えなかった。高木先輩が走ってくるのを目の端に捉《とら》えていた。

「貴広、貴広」

すぐに駆け寄られ、連呼され、取りすがるように両腕を摑まれる。

「っ………」

悲鳴を上げそうになるのを、なんとか堪える。

腕を振り払って、今すぐにこの場から逃げ出したいのに、小刻みに体が震えてしまい、何一つ思うようにはいかなかった。

「……す、すまない」

高木先輩は、僕から手を離した。そうかと思うと、ズルズルと僕の足元に両膝をついた。

「すまなかった」

土まみれになるのも気にしないで、グラウンドに手をついていた。

「な、にやって……」

僕は目にした光景が信じられなかった。

あの高木勇一郎が、その立派な体軀を地面に縮こまらせて、額がつくほど深く頭を下げている。

三年間で、高校サッカー界の常識をことごとく変えた人。夏と冬、インターハイと選手権大会の二つのタイトルは取れない。まして、二年続けて取った高校はない。それをこの三年で華々しく塗り替えていったのだ。いまだ常勝記録を作り続け、数々の個人タイトルを総奪《そうど》りし、高校サッカー界の頂点にいる人。

僕達の誇りが、恥も外聞もなく土下座しているだなんて、信じられない。

「おい、なんだあれ。なんで高木先輩、貴広に頭下げてんだ?」

すぐにグラウンドが騒然としだした。あちこちから聞こえ出したざわめきに、僕は真っ青になった。

「何を……何をやって…。やめてください。上野先輩、早くやめさせてください。大勢見てます」

部員みんなが遠巻きにしているじゃないか。

こんな姿を見せていいのかと、上野先輩にも必死に訴えた。

上野先輩はポカンとしながら僕のほうを見ていたかと思うと、はっと高木先輩に目をやった。

「おまえ、何した? もしかして、おまえ……、家に行かせたとき…、まさか貴広に手を出したんじゃ……まさかだろう?」

上野先輩の声は、最後にはかすれてよく聞こえなくなった。

「俺は、無理やり……無理やりやったんだ」

くぐもった声で肯定される。

僕は、頭がクラリとした。もう一度犯された気分だった。

「どういうことだ！　おまえ、貴広がかわいいって！　かわいがってやるんだって！　かわいがるってのは、はけ口にするって意味だったのか！」

上野先輩は、土下座している高木先輩に摑みかかっていく。

「なんとか言え！　言いわけしろよ！」

「すまなかった」

両肩を摑まれ、激しく揺さぶられても、高木先輩は顔を上げず、同じ言葉を繰り返すだけだった。

「俺に謝ったって……馬鹿野郎が」

上野先輩も、がっくりと膝をつくから、僕は二人に土下座をさせている格好《かっこう》になってしまった。

「知ってて行かせた俺が甘かった。俺が悪かった。貴広、すまない」

ああ、上野先輩は知っていたのか。だからあのとき、僕に行けと言ったのか。

うなずけないまま、理解する。

「けど、こいつは、貴広のこと、ずっと前から好きだったんだ。かわいいかわいいって、馬鹿みたいに繰り返して。本気だったんだ。本気で思い詰めて。だからって何してもいいってわけじゃない。だけど…だけどな、許せるものなら許してやってくれ。頼むから」

大きな声ではなかったけれど、上野先輩に懇願される。

握りしめた拳を地面につけた人が、勝手なことを言っていた。

「許すとか、許さないとか、よくそんなことを…」

僕は二の腕を掴むように両腕を組んで、二人を見下ろした。自らの腕をきつく掴んでいなければ、この憤りをやりすごすことは難しかった。

「…そうですね。僕はよくしてもらってたから。面倒を見てもらって、すごくかわいがってもらって。二年の僕がベンチ入りできたのは高木先輩のおかげです。だから、僕はあれくらいのことは我慢しなきゃいけないのかもしれません」

「違う！　俺は、見返りを求めたんじゃない！　見返りなんかじゃなくて…」

必死の形相《ぎょうそう》で、高木先輩に叫ばれる。かと思うと、またすぐにうなだれてしまう。

「あんとき、煮詰まって、わけわかんなくなってた。いくら煮詰まったって、無理やりやっていいはずないけど」

どうしてそれを、あのとき一瞬でも考えてくれなかったのか。

あんなことがなかったら、もっと別のつきあい方ができた。求められるようには感情がついていかないけれど、それでも恨むなんてことはなかった。尊敬していた。恋愛感情ではなかったとしても、僕には大切な人だった。

「あんなこと、許されない。わかってる。だから…、もう二度と顔合わせられないから、部活も学校もやめる前に、きちんと謝りたかった」

高木先輩は再び頭を下げた。

石ころみたいに砂まみれになって、本当に失うものはないとでもいうように身を投げ出していた。

「ま、待てよ！　そんなの、貴広が望んでると思ってんのか！　貴広はな、貴広は…」

上野先輩は言葉を見つけられないようだった。

「俺、馬鹿だよな。嫌われちまった」

高木先輩は弱々しくつぶやいた。

いまさらの台詞だったけれど、口調はまるで頼りない子供のものだった。顔に刻まれた陰りは深く、昨日今日できたんじゃない隈《くま》が目の下にくっきりと現れていた。

一方的に傷つけられたのは僕なのだから、面やつれしていようが、情けない姿を見ようが、かわいそうだなんて思うはずはなかった。顔を見れば恨みが募るばかりで、同情するなんてことはありえなかった。

それでも、ここまで追いつめたのも間違いなく僕なのだから、理解はするしかなかった。

僕が知らないでいた、知ってからも考えなかった感情を抱えて、高木先輩はどのくらいの間、苦しんでいただろう。

この人は、本当に僕のことが好きでどうしようもなかったのかもしれない。

「もういい。もうやめてください。土下座なんてやめてください。退部するとかしないとか、そういうことも言わないでください。ふだん通りに部活に出て、前みたいにサッカーをしてください。そうすれば、僕は忘れられるだろうから」

「そんなことできるわけ…」

「黙れ！」

何か言いかけた高木先輩を、上野先輩が制する。

「うだうだ言うな！　最低のおまえの取り柄なんて、サッカーだけなんだ！　もうこれしかないって思え！　まかり間違って、信頼くらいは取り戻せるようになるかもしれないんだぞ！」

上野先輩は有無を言わせない迫力で、高木先輩を黙らせてしまった。

「貴広、よく言ってくれた」

上野先輩に恩に着ると、再び頭を下げられる。

感謝される筋合いはないと、僕は緩慢《かんまん》に首を振った。

忘れるしか道がなかった。そうじゃなければ、いつまでも胸がかきむしられて、僕こそどうかなってしまいそうなのだから。

そうして、高木先輩は十日ぶりにグラウンドに復帰することになった。

高木先輩の戻ったサッカー部には活気が戻っていた。十日のブランクを三日で埋めてしまったエースのまわりには、すぐに人垣ができた。その姿にほっとする反面、少しさみしい気分も味わっていた。

高木先輩を避けるつもりはないけれど、輪の中に僕は入れなくなった。

このごろ僕には生理的にだめなものができてしまった。こんな馬鹿げたことは誰にも言えないけれど、見慣れているはずの男の裸が苦手になってしまっていた。

部員が密集した部室で着替えようとすると、勝手に体が小刻みに震え出してしまうから、仕方なく自分の教室に移動していた。もともと教室で着替える部員もいて、それほど不自然なことじゃない。ささいな変化だったから、僕のことばかり見ている人じゃなければ、気づかないはずだった。

その日、着替え終わって教室を出ると、明かりがところどころにしか点《つ》いていない薄暗い廊下に高木先輩が立っていた。

「……何か?」

僕はここ何日かでうまくなったポーカーフェイスで尋《たず》ねた。

「部活のあと、一人で着替えてるのって、もしかして俺のせいか？」

ずばりと切りこまれる。

何もかもを忘れるはずだと、蒸し返すこともできずに、首を振った。

「部室は窮屈《きゅうくつ》だから、教室に来てるだけです」

「じゃあ、明日から俺もこっちで着替える」

「そんなっ」

「やっぱり、そうなのか？」

「そうって、何がですか？」

思わず崩れかかった表情を取り繕う。

「俺と顔合わせるの、そんなにいやか？」

そういうことじゃなかった。まったく避けていないかと言われれば自信がないけれど、それとは別の問題だった。意識しているのは、高木先輩だけじゃない。

「帰りましょう」

話を変えたくて、つい言ってしまった。

よけいなことを言ったばかりに、肩を並べて帰ることになってしまった。

僕は駅までの道を、いつもの裏通りではなく、明るい表通りを選んで歩いた。

ふだん通りにふるまえていないジレンマに、そっとため息をつく。

「……俺の話つまんないか?」

「いいえ、それで? 監督に電話をもらって…?」

僕は、高木先輩に話の続きを促した。

どんなに気まずくても、サッカーの話さえすれば、会話がとぎれることはなかった。

「休んでる間に監督からもらった電話は、その一回だけだったんだけど、あっさりしたもんだったんだ。『退部届はいつ出しに来るんだ?』って」

「え?」

いくらうちの監督が自主性を重んじていると言っても、高木先輩を冬の選手権大会まで手放すはずがないのに。

「薄情だろう? まあ、そんときは、やけになってたから、すぐ出すって言っちまったんだよな。けど、やめないことになったからさ…」

高木先輩は、いったん確認するように僕のほうを向く。

僕はなんてことないふうに、うなずいて見せた。

「うん、俺やめないから、今日、監督に前言撤回しに行ったんだよ。そうしたら『なんだ契約延ばしたのか?』って。…そもそも話が嚙《か》み合ってなかったみたいだ」

「契約って?」

「監督、俺がプロのチームとすぐに契約するつもりだから、退部すると思ってたらしい。高校のサッカー部に所属してると、プロ契約できない決まりがあるから」

「そうなんですか」

僕はようやく納得する。

そういうことなら、監督が高木先輩をひき留めなかったのも納得できる。

「そう。それでなんだけど…」

饒舌《じょうぜつ》だった高木先輩が、いきなり口ごもった。

「…あのさ」

「はい？」

「今度の土曜の練習、休まないか？　スカウトの人にJリーグのチケット二枚もらったから、一緒に行けるかなって。ほらっ、貴広、前に一回も生《なま》で見たことないって言ってただろう？」

「僕も行っていいんですか？　あっ、でも……」

瞬間的に喜んでしまったものの、すぐに思い直した。

高木先輩との距離を詰めることにならないだろうか。

一定の距離を保とうと思うのに、気を抜くとすぐに縮まりそうになってしまう。

「…すみません、僕は練習に出ないと。少しでも休むと、ベンチ入りも危なくなりそうだから」

口実が練習なら不自然じゃない。サッカー部には基本的に休みがないし、うちのエースストライカーだから当然レギュラーの高木先輩と違って、僕はただの補欠だった。

「プロ選手を間近で見るのは勉強になるぞ。上達するにはイメージトレーニングも必要だしな」

「そうですけれど…」

「じゃ、土曜は国立《こくりつ》競技場《きょうぎじょう》だ」

すかさず決められてしまう。高木先輩に視線で念押しされて、肩の力が抜けた。

変に意識しすぎなのかもしれない。部活の先輩とプロの試合を観に行くくらいは、別におかしいことじゃない。

「はい、土曜日ですね。そうすると、今日はまだ水曜だから…」

土曜日までの日数を指折り数えながら、ふと首をかしげた。

待ち遠しく思うのも、おかしくないだろうか。ただの先輩と後輩の間柄でも、心が浮き立つものなのか、もう以前の感覚が摑めなくなっていた。

「貴広?」

黙りこんでいると、覗《のぞ》きこまれた。いきなり高木先輩の顔が現れたように感じて、驚いて身をひく。

「……あ、びっくりして」

すぐに言いわけしたのだけれど、高木先輩の真剣な瞳《ひとみ》にぶつかってしまう。

「こわいか?」

肩に触れられ、尋ねられる。思わずその手を振り払いそうになるのを、かろうじて押し止める。激しい反応はしたくなかった。

「俺が、こわいか？」

「いいえ」

さりげなく体をずらして手を避ける。小刻みに震えてしまうのを気づかれたくなかった。

「びっくりしただけなんです」

僕はもう一度、首を振った。

「……そうか。悪かった。もう、さわらないから」

僕は何も言えずに、歩き出した。

家の方向が違うから、ホームで別れる。

見送ってくれる視線が熱っぽかった。高木先輩はまだ僕を忘れていないのかもしれなかった。


「疲れた」

僕は夕暮れの教室で、机に突っ伏した。

今日は居残り練習をするのだという高木先輩につきあわず、ひとりで帰って来ていた。

学年が違うから授業のある時間は会うことがない。部活中も高木先輩との距離は、きちんと先輩後輩のそれに止まっている。部活後のこの時間、一緒に着替えをして駅まで歩く時間だけ気を張ればいいはずだった。それも今日は気を抜いていい。

僕はほんの五分というつもりで、目をつぶった。

次に目を開けたときには、あたりは真っ暗だった。はっと起き上がると、肩から何かがずり落ちた。

「あれ…?」

僕のものではないブレザーを床から拾う。

「起きたか」

窓のあたりで、ゆらりと影が動く。高木先輩の声だった。

「練習は?」

高木先輩は、居残り練習のはずだったけれど。

「切り上げた。もう七時半だからな」

言われて、驚いてしまう。僕が教室に戻って来たのが六時前だったから、二時間近くも眠ってしまっていた。

「寒そうにしてたぞ。もう十月なんだから、Tシャツだけで寝こんだらダメだろ」

「はい」

僕は高木先輩のブレザーを近くのイスにかけた。

「着替えるなら、電気つけるか」

「つけないでください」

言ってから、しまったと気づいた。まるで着替えを見られたくないみたいに言ってしまった。

「…眩《まぶ》しいから」

取ってつけたように言いわけして、もそもそと着替え始めた。

「今日も、部室に行かなかったのか？」

ぼそりと尋ねられる。

「え？　ああ、部室はちょっと」

意味を図りかねて、曖昧《あいまい》に返事をする。

「じゃ、俺のこと避けて教室に来るわけじゃなかったのか」

「違います。前も言ったけど、部室って窮屈だから。ほかの人と手足がぶつかるの、いやなんです」

「いつからだ、それ？」

「…前からですよ。入部したときからずっと。変なところ神経質みたいで」

「前は違っただろ。貴広はみんなとわいわいやって、じゃれ合うの嫌いじゃなかった」

ずっと見ていたように言わないで欲しい。

反則だと、僕は唇を噛んだ。

「俺が乱暴したせいか」

つぶやかれ、はっと、高木先輩を見る。

「それしか考えられない。確かに貴広は繊細で、細かく気を遣うほうだけど、だから好かれるんだし、自分から人と距離を置いたりしないはずなんだ」

「か、勝手に決めないでください」

「このごろ、さみしそうにしてるじゃないか」

「やめてください！」

いいかげんにしてくれと、叫んでしまった。

「こんな話はいやです。もう、帰りましょう。帰ります」

僕はバタバタと荷物を摑むと、教室を出ようとした。暗闇《くらやみ》の中をあせって歩いたせいで、イスにひっかかってつまずいてしまう。そのまま勢いあまって、イスと共に床に倒れた。

「貴広っ」

あわてて飛んで来た高木先輩に、腕を摑まれる。

「すごい音したぞ、どっか痛くしたんじゃないか？」

腕をひいて立たせてくれながら、ケガがないかと覗きこんでくる。

「いやだっ」

ひき剝がすように高木先輩の手を振り払ってしまった。

「貴広」

「さわらないでください」

震えながら言う。もう、取り繕うことはできないくらい、体がガタガタと震えていた。

「……だめなんです。高木先輩もほかのみんなも、部活の仲間なのにいやなんです。そのうち大丈夫になると思うけど、今はしょうがないんです。だから、一人にしておいてください」

「一人になんか、できねーよ」

うつむいて前のめりになった体をすくい取られ、ぎゅっと抱きしめられる。

「…や……」

「しない。あんなこと二度としない。貴広がいやがること、絶対しないから、力抜け」

息が詰まるほど強く抱きしめられる。

「つらいって言えよ。もっと怒って、俺のこと責めろよ。おまえが一人で抱えこむなよ」

それができないから、僕は高木先輩を嫌えないから…。

「…苦しい」

高木先輩の胸を押しやりながら、僕は首を振った。おかしな疑問を振り払うように、何度も振った。

どうして嫌えないのか、考えるのがこわかった。

次の日の土曜日は、午後からＪリーグを観戦する約束だった。どんな顔で会えばいいのかわからないけれど、すっぽかす気にもなれなかった。

待ち合わせ場所の昇降口には、高木先輩のほうが先に来ていて、目が合うなりほっとした顔をされた。

「来ないかと思った」

「約束だったから」

「そうか」

高木先輩は一瞬黙ってしまったけれど、すぐに気を取り直したように話し出した。

「先に言っとかなきゃいけないんだけど、明日練習試合やるって。突然、決まったらしい」

「明日ですか？　じゃあ、今日は……」

「俺は予定通り休むって監督に言ってきたけど、貴広はどうする？　練習のほう出たいか？」

高木先輩はともかく、補欠の僕が前日の練習に出なかったら、まず試合には使ってもらえなくなるだろう。

「観に行かないか？　大丈夫、たかが練習試合なんだし。…実はもう監督に、貴広に勉強させて来るって言ってきたんだ。そうしたら監督、勉強させるなら貴広だけじゃなくて、全員連れてけだってさ。ま、それはチケットないから無理だけど。だから、確認だけ。いいか？」

根回しのよさにあっけにとられたものの、僕は一つうなずいた。

「生で観る機会なんて、なかなかないし、本当は楽しみにしてたんです。…あの、さっきは来たくなかったみたいに言って、すみませんでした」

「俺は貴広と一緒に行ければ、なんでもいいんだ」

高木先輩が目を細めるから、どぎまぎしてしまう。

楽しみにしていたのは本当のことで、とにかく国立競技場へ向かった。

国立はすでに開場していて、すぐに入ることができた。高木先輩が用意してくれていたのは、シュートシーンを目の前で見られる招待席だった。

「正月はここの芝生踏みたいな」

高木先輩は、青々とした芝生に目をやった。

冬の全国高校サッカー選手権大会は、準決勝戦と決勝戦だけがここで行われる。

野球でいう甲子園《こうしえん》、ラグビーでいう花園《はなぞの》と同じように、サッカーでは国立が約束の地だった。

高木先輩が率いる、うちのサッカー部にはこわいものなんてないから、ここの芝に立つのも夢じゃない。

「またここに連れて来てください」

高木先輩を見上げる。

「必ず、連れて来る」

力強い言葉を、頼もしく聞いた。

そんなふうに僕達が芝生に見惚《みほ》れているときだった。

「高木くん、よく来てくれたね」

声がするほうを向くと、背広を着た壮年の男性が通路に立っていた。何度かうちの学校に来ていたクラブチームのスカウトの人だったから、僕も見覚えがあった。

高木先輩はすっと立ち上がり、求められるまま握手をする。

「今日はご招待ありがとうございます。こっちから挨拶しなくて、すいません」

「いやいや、いいんだよ、それより調子はどうだい？　夏の疲れが出ているようだと、監督さんからうかがって気になっていたんだが」

高木先輩は曖昧に笑った。

「だいぶ、上がってきましたよ。体もキレてきたし」

「それはよかった。高木くんには、その調子でうちのチームでも活躍してもらいたいからね。ああ、まだはっきりとした返事をもらってないうちに言うのもなんだね。今日は、うちのチームの状態なんかを、じっくり見ていって」

「はい、ありがとうございます」

高木先輩は大人の顔をして、にこやかにあいづちを打っている。

「正式な話は、監督さんや親御さんを通さないとできないが、この間の条件面の話、高木くんの意向には添えると思うよ。それじゃあ、いい返事と、次の大会の活躍期待しているよ」

高木先輩は、軽く頭を下げて見送った。

「俺、愛想いいだろ?」

顔を上げると、いたずらっぽく笑って僕のほうを向く。

つられて僕も笑う。

「それで、このチームに決めたんですか?」

声をひそめて聞いてみる。

「それがな」

高木先輩もひそひそ声になる。

その声の低さに、否定の言葉を想像する。入るつもりのないチームのスカウトマンからチケットをもらって、平然と来てしまっているんだろうか。

「プロになるなら、ここ以外考えてない」

ニヤリと笑った。

人が悪いよと、僕は詰めていた息を吐き出した。

「貴広はJリーガーって、格好いいと思うか?」

「それは、すごいでしょう?」

「このチーム好きか？」

「地元だから、応援してますけど？」

「そうか。じゃあ、決めた」

「決めたって…」

重要なことを、どうして安易に決めるのかと僕は軽くにらんだ。

「いいとこ見せたいんだ。嫌われたままじゃ、いられないさ」

「嫌ってなんか…」

思わず言ってしまいそうになって、あわててフィールドの芝に目を移した。

高木先輩を否定できない気持ちがどこからくるのか、考えると胸が騒いだ。

高木先輩のことは部活の先輩として好きだ。サッカー選手として好きだ。だとしても、何もかも受け入れるのは、少しおかしい。

「貴広？」

とまどった表情で意味を問いかけられる。

「僕は……、僕……」

言いかけて、はっと、立ち上がった。

「おい、どうしたんだよ」

席を離れようとして、高木先輩に腕を取られてしまう。

本当に僕はどうしてしまったんだろう。話を続けたら、取り返しのつかないことを言ってしまいそうだった。

「…喉……喉が渇いて」

「なんだ、そんなの俺が買って来てやるから、座ってろ」

「いいんです。僕が行きます」

「なあ、本当に喉渇いただけか？　俺、調子に乗ったから、気分悪くさせたか？」

「…手を……離してください」

「あ、悪い」

高木先輩の手が離れるなり、僕は駆け出した。

「貴広っ」

心配そうに呼びかけられたけれど、振り返ることはできなかった。

そうして、試合が始まるまで席に戻れなかった。


試合後の混雑した会場を、押し出されるようにして出る。人波を縫っているうちに、駅のホームまでたどり着いた。

「今日は楽しかったです。ありがとうございました。今度は僕がチケット取りますから、また行きましょう」

「それ、本心？」

「え？」

「試合中、何回ため息ついた？」

　気づかれていたのかと、うなだれる。

「…すみません」

　せっかくのチケットを、僕は無駄にしてしまった。生で見るプロの試合は迫力があったけれど、それだけだった。いつもなら草サッカーだって楽しめる。プロの試合ならよほど感動してもいいはずだったのに、となりの高木先輩のほうに気をとられて、それどころじゃなくなってしまった。

　高木先輩の言葉に動揺するわけ。見つめられると動悸《どうき》が治まらなくなるわけ。

　どうしてなのかと考えるたびに、同じ理由しか思い浮かばず、結局ため息ばかり漏れた。

「なあ、少し話そう。このまま別れたくないんだ。どこかで……うちに寄って行かないか？

ここからなら俺の家近いし」

　タイミングよく入って来た電車に促される。ためらったのは一瞬だけで、うつむくようにうなずいた。

「腹へったな。もう六時になるのか。貴広といると、あっと言う間だ」

電車に乗っている間はほとんど会話はなかったけれど、本当にあっと言う間に高木先輩の家に着いていた。

玄関先で鍵《かぎ》を取り出した高木先輩の手元を見つめる。

「誰もいないんですか？」

「いないって言ったら、ついてこなかっただろ」

高木先輩は、解錠すると、忙《せわ》しなくドアを開けた。

「……いいえ」

きっと、僕はそれでもここに来ただろう。

「嬉しいけど、どうしてだ？」

核心を突く問いかけだった。

「おまえ、どうして来たんだ？」

あのときと同じ質問。覚えのある真剣な目つき。いつの間にか、熱っぽくなって。

忘れたわけじゃない。無理やりに体を開かれて、傷つけられたことは、忘れられない。それでも、高木先輩を嫌いになるなんてこと、ありえなかった。

どこまでも追ってくる視線がやりすごせなくて、胸が騒いでどうしようもない。

僕は追いこまれた気分で見上げた。

「簡単だと思われても仕方ない。いまさらなんだって言われても反論できない。だけど、先輩はもともと特別だったから。何があっても、どうしてもだったから」

「それって……」

「僕が誇れるのは先輩だけだから、ほかには何もないんです。想ってもらう価値なんかないけれど……、それでも、いいんですか？　まだ、僕のこと好きですか？」

「貴広」

とたんに攫《さら》われるように、ドアの内側にひきこまれる。

閉まったドアを背にした人に、ギュウギュウ抱きしめられる。

「俺の今の気持ち、全部言ったら、逃げられそうだ」

本当に逃がしたくないというように、手加減なしの力で抱かれた。

締めつけで気が遠くなりそうになって、ようやく少しだけ力を抜いてもらえた。腕で囲われた輪の外には出られないから、体一つ分空けただけのごく近い距離から見上げる。

「俺はあきらめの悪いやつだから、ずっと好きだった」

激しい眼で見つめられる。まなざしに押されて、僕はひどく頼りなくなるような気がした。

後悔は、たぶんするだろう。逃げ道を自らふさいで、難しいほうを選んだことに。それでも、僕は高木先輩と関係を深めていこうと思う。

「貴広が好きだ」

「…はい」

「キスしてもいいか?」

甘い響きに心が揺れて、目をつぶってしまった。

押しつけられる唇が温かい。背中に腕がまわった。一度離れて、もう一度。無意識にきつく結んでいた唇を開かれる。湿った舌が入りこみ、僕のそれに絡まる。舌が出て行ってしまうのがさみしい気がして、自分から舌を出してしまう。

突然芽生えた自分の情熱にとまどう間もなく、再び深いキスを受けた。

何度も何度も絡められては吸われ、その甘さに夢中になった。唇が離れてしまっても、ぼうっとしながら高木先輩にもたれていた。

「いいか?」

耳元でささやかれる。

「貴広もらっていいか?」

性急すぎるとか、それはこわいとか。不安を口にする前に、言葉を重ねられる。

「欲しいんだ」

ひるんでしまって答えられないでいると、手を握られ二階に連れて行かれた。部屋のベッドに直行だった。

キスをしながら横たえられて、ネクタイを解かれた。シャツのボタンを一つ一つ外され、胸を開かれる。ひんやりとした空気に身震いすると、掌《てのひら》で体をこすられる。その感触に、またビクッとする。

なだめるようなキスが繰り返され、唇から首筋へ、胸へと降りてくる。

そうやって体をたどられていると、突然いやな記憶がフラッシュバックした。思い出すつもりなんかなかったのに、どんどんいやな感覚に襲われて、無理やりだったあのときの恐ろしさが蘇ってきてしまう。

「…や……いやだ」

手や指先や唇から逃げるように、両腕で自分の体を抱いた。

心も体も、乱暴されたときの痛みを覚えている。

「…こわい」

高木先輩は、はっとしたように体を起こした。

「いつも…」

吐息と一緒に言葉が吐き出される。

「…いつも俺、余裕がなくなって、貴広を追いつめちまう。やっとここまで来てくれたのに」

「こんなつもりじゃ…」

自分への焦れったさや、情けなさや、いろんな感情がごちゃまぜになって、眉間《みけん》のあたりが痛くなる。泣きそうになったけれど、泣いたらもっと情けないから、必死に堪えた。

「あっ、泣くな。泣かないでいい」

あわてて背中に腕を入れられ、抱き起こされる。

「本当に僕……こんなつもりじゃ…ごめ…」

優しくされたらよけいにぐっときてしまい、鼻声で必死に謝る。

「いいから、貴広は謝るな。ったく、俺どうしようもねぇ」

高木先輩は、むしゃくしゃしたように自らをののしっている。かと思うと、がっくりと肩を落とし、激しく落ちこんでいた。

フィールドにいるときは、決して後ろ向きなことは言わない人だ。才能におごらないよう努力をして、できる限りのことをするから、迷いのない自信に満ちた表情をしている。キラキラしているところが好きなのに、こんな暗い顔をさせて。

僕は何度も深呼吸してから顔を上げた。

「もう大丈夫です。ちょっと取り乱したけれど、落ち着いてきたから、続けられます」

「た、貴広」

高木先輩は、うろたえた声を出したけれど、一瞬後、抱きしめてくれた。やんわりとした抱《ほう》擁《よう》だった。

「そうじゃなくて」

震える胸を押さえつけて言う。

「無理しなくていい。こわいんだろ?」

「でも、続けたい」

ギュッと、高木先輩のシャツを握る。

「本気か？」

かすれた声で尋ねられる。

おずおずとうなずくと、すっと身をひかれた。

高木先輩は自分のネクタイを外し、シャツを脱いだ。日焼けした筋肉が現れ、僕はそれだけのことにひるんで目を逸《そ》らした。

ああ、僕もシャツを脱がないといけない。

おおかた外れているボタンの残りに手をかけるけれど、緊張のせいでなかなか外せなかった。

ふいにその手を握られ、小さく肩が揺れてしまう。なだめるようにもう一度手を握られる。

僕のかわりにボタンを外していく人に促されるまま、シャツから腕を抜く。

「貴広」

呼ばれてやっと顔を上げられた。

上向いたところにキスをされ、胸に体重をかけられるようにして、ベッドに沈んだ。どんどん深くなるキスにとまどっていると、ふいに脇腹をさわられ、ビクッと体がはねてしまう。

「ひどくはしないから」

キスの合間にささやかれるけれど、体を撫《な》でる手がみだらで、うなだれるばかりだった。

あちこちを撫でられ、じきに乳首を探り当てられた。

「痛っ」

二本の指で摘まれる、つんとした感覚に思わず声を上げてしまう。

「痛い？」

今度は口に含まれ、舌でなめられた。

「あ…」

濡《ぬ》れた感覚にびっくりして、声を上げる。おかしな声を出したのが恥ずかしくて、両手を口元に当てる。

「もう、痛くないだろう？」

尋ねられても、答えられるはずがない。

「こっちも」

もう一方も口に含まれ、唾液《だえき》でたっぷりと濡らされた。反応して固くなった乳首を舌で転がされると、とてもじっとしていられなかった。恥ずかしくて、息苦しくて、なんだか体もどんどん熱くなってくる。

ふいにズボンのベルトを解かれ、ジッパーを下ろされる。

「先輩…」

それ以上の言葉は、唇でふさがれた。

僕のとまどいも羞恥《しゅうち》も、気に留めない強引さで、下着の中に指が入って来る。

「よかった、少し反応してるな」

そんなことを言われ、カァーっと頭に血が上った。

もう恥ずかしすぎて、いたたまれなくなって、高木先輩の手を摑んだ。

そこから手を離されたのはよかったのだけれど、今度は下着ごとズボンを脱がされそうになる。

「制服、シワになったらまずいだろ？」

僕のためのようなことを言ったくせして、自分のズボンもすごいスピードで脱いでいるから、なんだかおかしくなってしまい、少し笑った。

「何笑ってるんだ？」

「いいえ」

「なんだよ、言えよ」

「わっ、くすぐったい」

高木先輩にあちこちをくすぐられ、声を出して笑ってしまった。

「ああ、やっと笑ってくれた。そのままリラックスしててくれ」

「……………あっ…」

再び足の間に手を伸ばされ、握られてしまうと、とてもリラックスなんてできなかった。

「俺にまかせて、おまえは追いかけてればいい」

目を閉じるように指示される。どうしたらいいのかと目を左右に泳がせていたけれど、結局素直に従った。

緩く握られ、ゆっくりと、段々速く、上下に動かされる。

流されていきそうになるのを、何度もクッと堪える。

「も……やめ…」

「堪えなくていい。いっていい」

そう、強く握りこまれる。

「はぁ……ぁ…」

一気に高まった感覚を逃がそうと息を吐くと、声を一緒に漏らしてしまう。甘すぎる自分の声に唇を噛んだ。

キスでたしなめられると、息つぎをするのが精一杯になり、ほかに気がまわらなくなる。

「んんっ……ぁ…」

手の動きが速くなり、絞りこむようにされて、僕はとうとう手の中に出してしまった。

「……はっ、はぁっ」

上がった息を落ち着かせるように、もう一方の手で胸のあたりを撫でてくれる。

まったく力が入らなくなり、されるがままになっていると、今度は膝を割られ、左右に開かれた。

　とたんに痛みを想像して、すくみ上がった。

　あやすように太ももをさすられ、チュッと音を立てて内側のあちこちにくちづけられる。そのうちに、思いがけない場所、後ろのそこをぺろりとなめられ、ギョッとする。

「なっ……」

「いやだっ」

「傷つけたくないから、濡らしてる」

　あんまりな行為に暴れようとすると、暴れるんじゃないと、困ったように言われた。それでも、そんな行為はいやだった。

「いやだよ、いや……」

　おとなしくできないでいると、指が入りこんでくる。

「痛いだろ？」

「……ない」

　僕は泣きそうになりながら、首を振った。

　痛くないのは本当だけど、恐怖感と異物感は拭《ぬぐ》えなかった。何度も指を出し入れされて、慣らされているのがわかる。いったん抜かれて、もう一度。前よりきつくなった感覚に首を振る。

「もう少しな」

唇を重ねられ、なだめられる。

高木先輩は、少しも急がなかった。

「こうするとな、よくなるらしいんだけど、よくなってきたか？」

「よくなるって？」

「どんな感じだ？」

返事を促されて、首を振る。

「……わからない」

わからないけど、変な感じが過《よ》ぎるときがある。それがそうなんだろうか。

「悪い、限界だ」

指を抜かれてほっとしたのもつかの間、猛々《たけだけ》しくいきり立ったものを押し当てられた。

「…うっ……っ……」

呼吸を測りながらも、ぐいぐい押し入ってこられる。

「……痛い」

痛いと言っても、止めてはくれない。

「や……先輩…」

どんどん中に入ってこようとするのに、僕はずり上がって逃げていた。

「こっちだ」

強引に腰をひき寄せられ、同時に体を進められた。

「っ…」

ひどくしないって言ったのに。

「全部入った。まだ、つらいか？」

とてもつらいけれど、もう動かれない分、さっきまでよりはましだった。

「そ……でもない」

切れ切れに言うと、ギュッと抱きしめられた。

「動いていいか？」

思わず目を瞠《みは》ってしまったけれど、すぐに僕は目をつぶって、力を抜こうと努力する。

「腕を背中にまわして、我慢できなかったらすぐそう言ってくれ」

言っても、きっとまたやめてくれないのだろうけれど。

臆病《おくびょう》になりそうな自分を叱《しか》りつけながら、高木先輩にしがみついた。

動き出されたとたん、ひどい痛みが走る。努めて呼吸を繰り返すと、高木先輩は僕のそれに合わせてくれる。

しだいに動きが速くなり、何がなんだかわからなくなって…。

「好きだ……貴広、好きだ」

何度も繰り返される言葉を、朦朧《もうろう》としながら聞いていた。

最後は呼吸もままならないほどきつく抱きしめられ、かき抱かれるようにして、中で放たれた。僕は半ば放心状態で、抱きついたまま呼吸を鎮めていった。

「つらかったか?」

僕は首を振った。本当のところは大変だったけれど、こうやって抱き合えてよかったと思うほうが大きかった。

「それより…」

「何だ?」

「好きかって聞いてください」

「好きだ」

「違います。僕に聞いてくれなくちゃ」

「好きだ」

高木先輩は僕に言わせないつもりなんだろうか。

「僕だって…」

僕達はとても自然に唇を重ねた。

「いまさら信じないだろうけど、待とうと思ってたんだ。ずっと待ってようと思った。今度こそ絶対待つ自信あったのに、結局また突っ走ったな。ごめん」

僕の前では弱いところもあるんだ。

謝りっぱなしの高木先輩は情けないけれど、やっぱり嫌いにはなれそうもない。

秋が深まって行く夜、どんどん冷たくなる体を互いに温め合って、毛布にくるまりながら眠った。僕が眠るまで、少し痛む腰をさすってくれていた。

次に目が覚めたときも、高木先輩の胸の中にいた。身じろぎをすると、高木先輩はすぐに目を開けた。眠っていなかったのかもしれなかった。

「どうした？　まだ時間あるぞ？」

時間と聞いて、重要なことを思い出す。

「高木先輩、明日…もう今日だけど、練習試合ですね」

「そうだな」

「僕達、ゆっくり眠ったほうがいいですよね」

体を伸ばして眠ったほうがいい気がして、もそもそと起き上がろうとすると、ひき戻される。

「あっ、先輩！」

いたずらな高木先輩の手が、僕の足の間に伸びてくる。

「起きたなら、もう少し。な」

「もう少しって、試合があるのに」

「練習試合だからいいさ」

平然と言う人の手を追いやろうとするのだけれど、キュッと握られてしまい、思わず腕にしがみついてしまう。

「気持ちいい？」

耳元で尋ねられる。

「気持ちいいか？」

耳たぶを甘噛みされ、どんどん力が抜ける。

意地悪な高木先輩に促されて、小さくうなずくしかなくなる。

身を委《ゆだ》ねてしまえば、あとは高まっていく波を追いかけるだけだった。

高木先輩は、僕を気遣って中に入ろうとしなかったけれど、かわりに僕はいろんなことを覚えた。朝までは、長くて、甘すぎる時間だった。


次の日はよく晴れ上がったサッカー日和《びより》だった。

練習試合の行われているフィールドを、高木先輩はあますところなく走りまわり、少し前の不調が嘘《うそ》のように次々と得点した。

見惚れるほど素晴らしいプレーを、僕はベンチから眺めていた。

僕が出られないのは実力不足のためか疲労のためか、あまり考えたくはない。

試合終了の長い笛が鳴った。

大量点のほとんどをその足で稼いだ人が、まっすぐに僕のところに走りこんでくる。

やったと、三回も繰り返す人が誇らしくて、喜びを分かち合えるのが嬉しかった。

「好きだ」

どさくさまぎれに耳元でささやかれた言葉は、あの夏の日と同じように、熱っぽかった。

「…僕も」

口にしたとたん、頰にキスをされ、ギョッとしてしまう。

大丈夫、気づかれてない。そう、余裕の笑みを浮かべると、僕の英雄は挨拶のため再びフィールドへと戻って行った。

まなざし

晩秋のグラウンドで、その人は懸命にボールを追いかけていた。

大所帯のサッカー部の中でもひときわ目立つ人に、僕は自分の練習も忘れてくぎづけになってしまう。

百八十四センチ、七十六キロの恵まれた体格と、高校生離れしたテクニックを持つ、その迫力あるプレーで人を惹《ひ》きつけてやまない人。エースストライカーの高木勇一郎《たかぎゆういちろう》先輩。

コーナーキックからのセンタリングを上野《うえの》先輩が正確にゴール前に上げる。その鋭いカーブを描いたボールを、高木先輩はゴール前に走りこみ、ディフェンスをかわし、振り返りざま足に合わせた。ボレーシュート！

絶妙のコンビネーションとナイスゴールは、グラウンドにいるすべての部員に息を呑《の》ませた。一瞬後、近くにいた数人が駆け寄って行く。興奮したように、我先にと高木先輩を称《たた》えていた。

体中の血液が沸騰する感じ。

僕は目の当たりにしたあまりにも素晴らしいプレーに、その場から動けなくなり、高木先輩から目を離すことができなくなった。

そんなとき、高木先輩が体の向きを変え、部員達がひしめき合っているほんのわずかの隙間《すきま》から僕のほうを向いた。視線が合うと、どうだというようにおどけてくる。

「すごい、感動」

声は届かないのに、口にしていた。

高木先輩に最初に好きだと言われたのは、夏だった。それが本気だとわかったのは、季節が秋に移り変わったころだった。紆余曲折《うよきょくせつ》あって、親密なつきあいをし始めたのはつい一月《ひとつき》前のこと。秋が深まるにつれて、時間がたつほどに僕は高木先輩のことが好きになっていく。止まらない。そう思っている自分に気がついて、変だと首をひねった。拒絶したこともあったのに。

気持ちが募ってきたように感じるこのごろ、学校内では噂《うわさ》が立ち始めていた。僕と高木先輩が『あやしい』という噂。高木先輩は、Jリーグのいくつものチームから声がかかっているすごい人だったから、学校でも有名人だ。注目度が高いから学校での接し方には注意していたのだけど、いくら気をつけていても目ざとい生徒はいるものだ。

『病気に気をつけろよ』

僕が一人で歩いていると、すれ違いざまに忠告とも、中傷ともとれる言い方をしてくる人までいた。

何も乱交しているわけじゃない。高木先輩一人とつきあっているだけだと、言い分はあったけれど、交際を肯定する発言をするわけにはいかなかった。

「貴広《たかひろ》」

呼ばれて、はっとする。

練習を終えた僕は、高木先輩と一緒に着替えをしているところだった。

教室で着替えるのは、密集した部室が嫌いなせい。つきあってもらうつもりはなかったけれど、いつの間にか高木先輩までこっちで着替えることになっていた。

止まっていた手を再び動かし、制服のシャツのボタンを留めながら視線を上げる。高木先輩は、もう着替え終わっていた。

「すぐ済ませますから」

僕はあせって、袖《そで》のボタンを留めた。

「ゆっくりでいい。そうじゃなくて、帰りにうちに寄らないかって言ったんだ。聞いてなかったのか?」

ネクタイを結んでいた手が一瞬止まる。僕は、目を伏せて小さく謝った。

「無理にってわけじゃないけど…」

高木先輩が口ごもる。フィールドでは決して見せない自信のない顔だった。

「ここんとこ試合が続いてたから、顔合わせてても、二人きりになれなかっただろう?　だからうちでさ」

秋季大会があったここ二週間、練習と試合に明け暮れていた僕達だった。と言っても、僕は補欠だから出番はほとんどなかったのだけれど。

何も言えず動作を止めたままでいると、高木先輩は苦笑しながらも、ネクタイを結んでくれた。

キュッとネクタイが襟元《えりもと》で音を立てて締まる。

僕は近すぎる距離と高木先輩の手を意識して、いっそううつむいた。

「そんな顔するな、言ってみただけだから。帰ろう」

高木先輩は何事もなかったように、自分の荷物を肩にかけた。僕もすばやくブレザーを羽織《はお》ると、後に続く。

僕はどんな顔をしたのだろう。

駅までの帰り道で、しきりに話題をふってくれていた高木先輩が、ふと足を止めた。

「なんかおまえ、最近元気ないな」

身を屈《かが》めて、心配そうに覗《のぞ》きこまれる。

「そんなことないですけど」

「そうか?」

「ああ、大会が終わって安心したから疲れが出たのかもしれない。でも、試合に出てた高木先輩より、補欠の僕が疲れたなんて言うのおかしいですね」

さりげなさを装って笑って見せると、高木先輩の頰《ほお》が緩《ゆる》んだ。

駅の自動改札を抜け、一つしかないホームを歩いて行く。高木先輩の家とは逆方向だったから、別々の電車に乗ることになる。僕はさっきの教室での誘いは聞かなかったことにして、駅のホームで別れた。

僕の通っているG学院は、サッカーを除いても、文武両道を掲げた男子の名門校として知られている。六年間の一貫教育だから、高校からの入学は若干名しか受け入れていない。僕は高木先輩と同じグラウンドに立ちたくて、かなり受験勉強を頑張った口なのだけれど、入ってみて驚くことは多かった。

祖父から三代続けて通っているという家柄のよさそうな生徒がほとんどだったり、校歌がワルツだったり、フランス語が必修だったり。

教室で気後れしている僕に声をかけてくれたのが村瀬《むらせ》だった。中等部から上がってきた内部生の村瀬は、外部から入学した当時よそ者だった僕を、最初から仲間として扱ってくれた。陽気で気のいい彼とのつきあいをきっかけに、クラスに馴染《なじ》んでいったものだった。

二年生になっても同じクラスになった村瀬は、相変わらずの陽気さで友達が多いけれど、昼食は僕と一緒に食べることに決めてくれているみたいだった。

　昼休みの教室で、僕は村瀬と山内《やまうち》の三人で昼食を摂《と》っていた。

「週末に彼女と会うんだけどさ、友達連れてくるからこっちも連れてこいって言われてるんだ。山内行かない？」

　村瀬が山内に話をふった。

「えー、俺か？　行きたいけど、土曜はちょっと。おやじと兄貴と三人でゴルフ行くって約束してんだ。もうコースの予約入れてあるしなー」

「そっか。じゃあ、杉山《すぎやま》行かない？」

「じゃあって、なんだよ。ついでかよー」

　僕は、村瀬の首をギュウギュウ絞めてやる。

「悪かったって。へいっ、杉山くんっ！　行かないかーい」

　村瀬は、昔のナンパみたいに軽薄に誘ってきた。

　これでもG学院の生徒なんだから、伝統や家柄なんて、たかが知れてる。遊んでいる生徒も多いし、実際コンパなんかは毎週のようにあって、クラスのどこかしらから声がかかる状態だった。ブランド名が利いていて、お近づきになれる女の子には不自由しないから、男子校だからといって男同士のカップルなんてまずいなかった。だからたまにその手の話が持ち上がると、よけいに面白がって広めるのかもしれない。僕と高木先輩の噂みたいに。

「土曜はめずらしく部活休みだから、しょうがない、つきあってあげよう」

わざと横柄《おうへい》に言うと、村瀬は生意気だと首を絞め返してきた。

僕だって一年生のときは、物めずらしさもあって、コンパや紹介には顔を出してた。二年生になってからは今回が初めてだけど、それはサッカー部で補欠メンバーに入り、時間がなくなったのと、そういうのに飽き始めていたのと。誓って言うけど、女の子は嫌いじゃない。

「杉山が行くのか？」

耳ざとく背後から話に加わってきたのは、サッカー部の本木《もとき》だった。

「うん、そうだけど。部活休みだったよな？」

僕は振り返って確認する。

「休みだけど、高木先輩は？」

本木がよけいなことを言い出してしまう。

「本木、うるさい。あっちいけ」

すかさず村瀬が、丸めたノートで本木の頭をポコポコ叩《たた》いてくれた。

本木がいなくなるのを確認してから、村瀬と土曜の時間や場所の相談を始めた。

カミングアウト。周囲に告白して、前向きに自分を肯定していく人がいる。例えば、自分はゲイであると告白したり。それはそれで立派だと思うけれど、僕は誰にも告げようとは思っていなかった。

高木先輩は、来年にはプロになり、将来は日本を代表するサッカー選手になる人だ。注目度はさらに高くなるのだから、僕は僕なりに彼を守ろうと思っていた。家族や友達や部活の仲間達、身近な人間を欺《あざむ》くことになるかもしれないけれど、それくらいは平気な気がした。

週末の土曜日、二対二のデートを昼食から始める。村瀬と二人で相談して決めた、アットホームなパスタのお店は、女の子達に予想以上に好評だった。

村瀬の彼女が連れてきた友達は、小暮百合江《こぐれゆりえ》さんという、明るくて人見知りなんかしそうもない人だった。

食事のあとで行ったアミューズメントパークでは、一時間待ちのイベントに並んだ。待ち時間の長さに口ゲンカを始めた村瀬と彼女にあきれながらも、僕と小暮さんは二人で話し続けた。小暮さんと話すのが楽なのは、お互いを意識していないと、なんとなくピンときたせいだった。

村瀬と彼女とは、夕方過ぎに現地で別れた。

「僕らは、帰ろうか。楽しかったけど、喋《しゃべ》り疲れた気がしない？」

帰ろうと言ったとたん、小暮さんに笑いだされる。

「え？　何？　なんか、おかしいこと言った？」

面食らっていると、なおもくすくす笑われた。

「んーん、そうじゃなくって。杉山くん、つきあってる人か、好きな人がいるんだなって。二人きりになったとたん、帰ろうなんて言われたの初めて。私、初対面ではもてるタイプなのよ」

　あっけらかんと自分を褒《ほ》めるけれど、厭味《いやみ》はなかった。

「そうだろうね、小暮さん、かわいいから」

　僕はにっこりした。笑ったことで、つきあってる人っていう質問を、うまくかわしてしまう。

「ありがと。私、杉山くん気に入ったのにな」

「僕も、小暮さん気に入ったけど」

「もー、うまい返しだなぁ。気に入ったけどだめだって、ちゃんと含んでる。杉山くんも、もてるんでしょう。頭の回転早いし、かわすの上手。それにね、感じいいもん。G学院の男の子って、制服をわざと崩して着てる子多いじゃない。それはそれでおしゃれだけど、杉山くんみたいにきっちりネクタイ締めてるのも、賢そうで悪くないのよね。似合ってるせいかな」

　女の子は、そんな細かいところまで見るのかと感心する。セーラーもかわいいと褒めてから、僕は切り返した。

「小暮さん、彼氏いるだろう？　それも年上」

「どうしてわかったの？」

　今度は小暮さんが目を見開く。

「ただの勘。僕がつきあってる人も年上なんだけど、なんとなく、小暮さんもそうじゃないかと思っただけ」

そこまで話したとき、地下鉄の駅に着いた。

「私達、友達にはなれそうだね。また遊んでね」

つまり友達以上にはなるつもりはないと、彼女も言った。

僕は手を振って彼女を見送ったあと、そっとため息をついた。

カモフラージュのつもりで、女の子とつきあってみようかとも思ったけれど、僕はそんなに器用じゃないのかもしれない。


週明けの月曜日、結果を報告しろと一緒に行けなかった山内がうるさく聞いてきた。

「百合江ちゃん、レベル高かったよなー」

村瀬は、わざと山内をあおる。

「うん、かわいかった」

僕は笑って同調する。

「で、うまくいきそうなのかよ」

山内が悔しそうに聞いてくる。

「どうなのかな。友達になれそうだって言われたけど、遠回しに振られたのかもしれないし」

僕は嘘《うそ》は言ってないと、確かめながら話した。

「何言ってんだ、脈ありじゃんか。最初女の子ってのは、そう言うんだぜ。そこを落としていくってもんだ。でも、そうか。よかったじゃん。杉山って、なんか危っかしいから心配してたんだ」

村瀬にぽんっと肩を叩かれる。

「だよなー、変な噂されてたから、これでも心配してたんだぞ。杉山、俺らになんも言わないし」

山内には、肩に腕を乗っけられる。

「気にすんなって、そのうち噂なんか消えるだろ」

よかったよかったと、二人は喜んでくれた。

僕は曖昧《あいまい》に笑いかけながら、欺いていることを心の中で謝った。


放課後のグラウンドで、高木先輩は相変わらずキレのいい動きを見せていた。ほかの部員達もひっぱられるように駆け回り、懸命に練習に励んでいる。

今日はJリーグのスカウトマンらしき背広を着た人が見に来ていて、練習の途中で高木先輩は監督に呼ばれていた。

大人の顔をして話をしている人を、僕は感心して見つめる。

たった一つ年上なだけなのに、たくさんの人を惹きつけ、魅了してやまない。僕もサッカーをやる者として、同じ時代に生まれてよかったと心の底から思っていた。僕は彼のことが好きだけれど、尊敬の『好き』と、恋愛の『好き』と、どっちの気持ちが大きいのかと正面から尋《たず》ねられたら、即答はできないだろう。

フィールドに戻った高木先輩は、相棒の上野先輩とセットプレーのサインの確認をしてから、ゴール前の位置についた。

上野先輩は、コーナーにボールをセットすると、肩に手をやってから蹴《け》り上げた。

ボールは、ニアポストに向かって曲線を描いていく。高木先輩は、難無くヘディングシュートを決めて、もう一本と手を挙げる。

上野先輩は、軽く手を上げてから、ボールを蹴った。今度はボールがファーポストへ直線的に飛んだ。高木先輩は足に合わせただけだったけれど、角度がついた美しいシュートを決めた。

「上野、ＯＫ。完璧《かんぺき》だ」

高木先輩が声をかけると、上野先輩は当然というように軽く応《こた》えていた。

上野先輩のパスも、高木先輩のシュートも素晴らしかった。二人が絶好調の今、今年の夏冬連覇も夢じゃないのだと、僕はわくわくした。

練習が終わると、高木、上野両先輩は、監督とコーチにつき添われて校舎の中へ入って行った。

僕は二人の背中を見送ったあと、一人で自分の教室へと着替えに向かった。

すっかり陽が落ちて暗くなった教室の明かりを点《つ》け、スポーツバッグを床に置く。部員達と離れて着替えるのに慣れてしまうと、それが当たり前のようになって、さみしいとは思わなかった。

ほとんど着替え終えていたとき、ガラッと前扉が開いた。

「あれ？　今日はスカウトの人が来てたから、高木先輩は、遅くなると思ってました」

「俺はもう関係ないさ。前に言っただろ、契約するチームは決めてある」

契約って言葉を、大人びた顔つきで言う高木先輩が誇らしい反面、どんどん先に行ってしまう気がして、少し遠くなる感じがした。

「じゃあ、上野先輩が？」

僕はすぐに気を取り直して尋ねた。

「いや、上野は大学に進むらしい。口説《くど》かれてるけど、あいつは意志が固いから、まあ無理だろうな」

そう言うと、イスをひいて無造作に座った。そのまま、僕が着替えているのを見ているだけで、着替えようとしない。僕のほうはもう、ネクタイを結び終えた。

「着替えないで帰るんですか？」

「いや、着替える」

そう言いながら動かない高木先輩に、僕は首をかしげた。

「貴広」

「はい?」

何だろうと、見つめ返す。

「好きだ」

とうとつに熱っぽく告げられ、頬が熱くなった。どうして、この人はこうなんだろう。いつもいきなり燃え上がるような感じ。

どぎまぎして何も言えないでいると、高木先輩はふっと笑って着替えを始めた。

笑っているけれど、からかわれたんじゃないのはわかっていた。本気だからこそ動揺してしまう。

少し落ち着こうと、僕は窓のそばに寄った。窓ガラス越しに、部活を終えた生徒達があわただしく帰って行くのを見ていた。

そういえば、部活の終了時間が、十一月に入ってから一時間繰り上がったんだった。早く支度をしないと、校門が閉まってしまうかもしれない。

「先輩、そろそろ…」

なにげなく振り返ると、すぐ目の前に高木先輩が立っていて、ギョッとしてしまった。

「何も、そんなに驚かなくていいじゃないか」

高木先輩は笑っている。

「い、いきなり近くにいるから」

「不意打ちを狙《ねら》わないと、貴広は警戒してて近くに寄らせてくれないだろ？」

「警戒なんて、してませんよ」

「そうかなぁ」

高木先輩が、一歩前に近づいて来る。

条件反射で後ずさろうとしたのだけれど、ほとんど動けなかった。後ろは窓だった。

「なんで逃げる？」

「逃げてませんって。わわっ」

腰をひき寄せられ、のけ反りそうになるのを、もう一方の腕で背中を抱かれる。

「ちょっと、先輩っ」

「学校では絶対近寄らせないし、だからって家に誘っても断られてるし」

「そんなことないです」

「おまえ、かわすのうまいんだもんな、だからたまには実力行使させてもらう」

ぐっと抱き寄せられ、体が密着してしまう。

「なっ……こんなところで…」

僕はあせって、ジタバタと暴れた。どうにかして離れようとするのだけれど、少しの隙間もできなかった。

外国人選手のように胸板が厚く体格のいい高木先輩と違って、僕は高校生の標準タイプで、身長は低くないのに小柄だと言われてしまうこともある。抱かれるとわかる圧倒的な体格の差に、僕は無駄な努力だと知りながら抵抗を続けた。

「じっとしてろよ。抱きしめるくらい、許してくれてもいいだろ」

恨みがましく言われる。

「離してください」

「やだ」

「先輩っ」

「じゃあ、貴広がうちに来るって約束するなら、離してもいい」

「そんなこと言ってる場合じゃないです。ここ、学校ですよ」

「俺がどれだけ我慢してるか、わかってるか?」

トーンを落として、耳元で誘われた。

声の甘さにぼうっとなりかけたとき、廊下から足音が近づいてくるのが聞こえてきた。

「誰か来ます」

あわてて言っても、高木先輩は平然としたものだった。

「返事は?」

「…今日じゃなくてもいいなら」

「今日はだめなのか?」

心構えをする時間もくれないのかと、僕はいいかげんに焦《じ》れて、高木先輩をキッとにらんだ。

「怒るなよ。わかった、週末な。いい?」

うなずくと、すばやく唇《くちびる》を盗まれたけれど、とにかく離してもらえた。

廊下の足音は、教室の前を通って遠ざかっていった。

ほっと息を吐く。心臓に悪いよ。高木先輩は僕がどんなに必死になってるか、全然わかってない。

「貴広、帰るぞ」

促《うなが》され、僕は無言で後に続いた。

「怒ってるのか?」

僕は心持ち顔を上げ、首を振った。

「よかった。ちょっと強引だったから、本気で怒らせたかと思った」

一転して様子をうかがう口ぶりに苦笑する。本気で怒るわけない。高木先輩の押しの強さはいまさらだったし、そんな高木先輩に惹かれていってしまったのだから。

金曜日は朝から土砂降りの雨だった。小降りならともかく、こんな日は練習にはならない。ミーティングもなしということで、僕は久しぶりに平日の三時に下校した。

クラスの村瀬と山内と三人で連れ立って校舎を出る。校門の前を通りかかるとき、真っ赤な傘が目に入ってきた。女の子だと一見してわかる傘の色に目を奪われたのは、僕だけじゃなかった。

「男子校の校門で待ってるなんて、やるなぁ。誰のこと待ってる……って、俺達かよ」

村瀬が、驚いた声を上げている。

その声に気づいたのか、傘がすっと上がる。先週遊びに行ったきりだった小暮百合江さんと、村瀬の彼女、美登里《みどり》ちゃんだった。

「久しぶり、小暮さん」

僕はとまどいながら声をかけた。

「寒いのに、待っててくれたのか？　早くどっか店に入ろうぜ」

村瀬はまんざらでもないみたいで、浮かれた様子で女の子達を先導している。僕達は五人で、近くのファーストフードに入った。

「サッカー部が休みだろうって、あたりをつけたんだよね。よかったね百合江、杉山くんもいて」

席に着くなり、美登里ちゃんが小暮さんに笑いかける。

小暮さんも、にっこりうなずいている。

まるで僕に会いたかったみたいな態度に、僕は首をかしげた。

この間は、確かに話が盛り上がったけれど、僕にとってはそれ以上でもそれ以下でもなかった。彼女も同じだと思っていたけれど。

帰りぎわ、僕と小暮さんは傘を並べて歩いた。村瀬達は少し前を三人で歩いている。

「ごめんね、迷惑だった？」

「迷惑なわけないよ」

僕は笑って、首を振った。

「うそうそ、杉山くん一人で冷めてたじゃない」

「そんなことないって、僕はいつもこんなふうなんだ。特に村瀬と山内が喋るほうだから、三人集まると僕は聞き役になるから」

「それならよかったけど、あんまり気にしないでね。今日のは、ちょっとした遊びなの。美登里が男子校の校門で待つっていうのやりたかったみたいで、私はただひっぱって来られただけ」

「へぇ。でも、こんな雨の日を選ばなくてもいいのに」

小暮さんは大きくうなずいている。

「そうなんだよね。美登里の遊びにつきあうつもりなかったから、適当にごまかしたつもりだったんだけど。…私、杉山くんなら、待ってもいいって言ったの。杉山くん、部活やってるから、この時間には絶対帰れないでしょう。つまり遠回しに断ったんだけど、美登里に、だったら雨の日だねって言われて、…こうなっちゃったわけ」

びしょ濡《ぬ》れになったセーラー服のスカートを指し示した。

「そうなんだ」

「だから、私が来たことに深い意味はないのよ、心配しないで」

小暮さんは、くすりと笑った。

「心配してないけど、女の子って面白い」

僕も笑った。

「本当は、私のほうがまずいかなって。雨の日ごとにつきあわされると思う? あ、ごめんね、悪い意味じゃないのよ」

「大丈夫だよ、わかってるから。それなら今度は、雨でもサッカー部はミーティングがあるって言えばいいよ。たいてい本当にあるんだ」

「そっか、助かったぁ」

「だけど、美登里ちゃんは、小暮さんに彼氏がいるの知らないの?」

「もちろん、知ってるわよ」

即答されて、僕は絶句してしまう。

きっと彼女達に振り回されている男は多いのだろう。僕は、その男達がおかしいやら情けないやらで、妙な気持ちになった。

「杉山くん、年上のお姉さんと、うまくいってる?」

「うん、まぁ」

お兄さんだけど。

「その割に、なんか元気ないね」

見透かすようなことを言われ、苦笑してしまう。

「小暮さんこそ、年上のお兄さんとうまくいってる?」

「もちろん、余裕だよ。…あ、私、地下鉄だからこっちから行くね」

彼女は手を振りながら、本当に余裕の笑顔で帰って行った。

僕にも余裕だと答えられるようになる日は来るんだろうか。少し羨《うらや》ましく、彼女を見送った。


秋の長雨なのか、次の日の土曜日も雨が降り続いていた。サッカー部の活動は、ミーティングだけになり、一時間で解散になった。

大教室からあらかた部員がいなくなっても、高木先輩と上野先輩は、教壇の脇《わき》で話しこんでいた。どうもこみ入った話をしているみたいで、気色《けしき》ばんでいる高木先輩を、上野先輩がとりなしているようにも見える。僕は様子が気になるものの、とりあえず廊下に出ていようと前のドアに向かう。

「貴広」

高木先輩に呼び止められ、僕は足を止めた。

「上野先輩と話があるなら、僕は…」

先に帰ると言うべきか、待っているというべきか、一瞬迷う。

「いい。終わった」

そっけなく言うと、僕を追い越し、どんどん歩いて行ってしまう。ついて来いとも言わないけれど、ついて来るのがあたり前のような態度だった。

なんとなく上野先輩を振り返ると、なぜか拝むようなポーズをされてしまう。

状況が把握できないまま、僕は会釈だけして、高木先輩を追いかけることにした。

どうして機嫌が悪いのかと、聞けないまま駅までの道のりを歩く。いつもは肩を並べて歩いてくれるのに、今日は歩調が速く、僕はともすると遅れがちになった。

駅のホームに着いても、高木先輩は押し黙ったままだった。

僕の方面の電車が先にホームに滑りこんで来たから、ちらっと高木先輩をうかがう。

週末は高木先輩の家に行くと約束していたけれど、もう忘れてしまっただろうか。

「来たぞ」

さっと腕を取られたかと思うと、わずかに遅れて入って来た反対側の電車のほうに、ひっぱって行かれた。

電車の中でも高木先輩は何も喋らなかった。それならまあいいかと、僕も黙っていた。学校で噂が立ってから、僕は注意深くなっていた。

電車を降り、バスを乗りつぐ。ここまで来ると、僕達と同じ制服を着ている生徒はいなかった。

「どうしたんですか？」

住宅街を歩きながら尋ねても、にらむようにして見つめられるだけ。こんなにイライラしている高木先輩は久しぶりだった。いつ以来だろうと考えているうちに、僕は少しずつ不安になっていった。

家に着くと、先に部屋に行ってろと、命令口調で言われる。

言われた通り、二階の一番奥にある高木先輩の部屋に入ったものの、どこに座ったらいいのかわからず、立ったままでいた。

しばらくすると、高木先輩がコーヒーカップを二つ持ってきてくれる。おもむろにカップを机に置くと、一度僕のほうを見る。何か言いたそうなそぶりに、僕は首をかしげた。

けれど、高木先輩は口を開かないまま、机のひきだしから何かを取り出した。

カチッと小さな音がする。それがライターの着火音で、煙草《たばこ》に火を点けたんだとわかるまでに時間がかかった。

以前もこんなことがあったんだった。あまり思い出したくはない記憶だ。無理やり抱かれた日のことだったから。けれど、目の前で煙草を吸って、選手生命を縮めている高木先輩を黙って見ていることもできなかった。

「先輩、だめですよ、煙草」

「イライラしてるんだ」

イライラを解消したいとでも言うように、煙草を何度もふかす。

「でも、見逃せない」

「そうだな、見逃せないよなぁ」

高木先輩は吐息とともにつぶやくと、ようやく煙草を揉《も》み消してくれた。かと思うと、忙《せわ》しなく立ち上がって、大きく窓を開けた。

紫煙が逃げて行くかわりに、雨が部屋に吹きこんでくる。窓際に背を向けて立ち尽くす人は、濡れるのをなんとも思っていないようだった。

「貴広、昨日何してた？」

「何って？」

聞き返すと、高木先輩はまた少し沈黙する。しばらくすると、大きく息を吐きだした。

「やめた。こういうまわりくどいのは嫌いだ。昨日、おまえが女と一緒のところ、上野が見たって言うんだけど、本当か？」

「え……」

目を見開いてしまう。見られていたなんてまったく気づかなかった。それじゃあ、イライラの原因は僕だったのか。

「…ああ、それは本当です」

「誰だ、その女」

「関係ないですよ」

僕は軽く流すつもりで笑ったのだけれど、高木先輩は笑わなかった。

「関係ないってのは、どういう意味なんだ。俺とのつきあいに差し障りのない程度の女ってことか？　それとも、俺はおまえのすることに口を出すなってことか？」

まったく思ってもみなかったことで、しばらく言われたことが理解できなかった。ただ、高木先輩の口調の荒さに呑まれてしまった。

「干渉するなってことか？」

高木先輩は僕が黙ってしまったのを、変なふうに誤解してしまう。

「友達の彼女の、そのまた友達。だから、顔見知り程度の関係ない女の子ってことです」

「親しそうに歩いてたって聞いた」

高木先輩はそっぽをむいた。

「親しそうに？」

そうだったかと、僕は首をかしげる。それほど親しくしたつもりはないけれど、他人の目にどう映るかまでは考えていなかった。それにしても、上野先輩もそんな意味深に伝えなくてもいい。

「好きなのか？　その女のこと」

切羽詰《せっぱ》まった声だった。

好きなのは高木先輩ですと、一言いえばいいのに、なかなか言えなかった。ただ首を振って、否定するだけになる。

詳しく説明していったら、最後には泣き事になってしまいそうで、口が重くなっていた。

「ただの知り合いってだけなんだな？　関係ないっていうのも、気にする必要なんかないって意味に取っていいんだな？　信じるぞ、俺は自分の都合のいいほうに信じちまうぞ？」

うなずいたとたん、すごい力で腕を摑《つか》まれ、ひき寄せられた。驚いて見上げると、嚙《か》みつくようなくちづけをされた。息苦しさに高木先輩の胸を押す。抵抗は無意味だと、まだ僕の体は覚えていない。

高木先輩の手が背中にまわり、きつく抱かれる。強引に舌がねじこまれ、口の中を動きまわった。その激しさに僕はまったくついていけず、角度を変えるときにできるほんのわずかの隙間から、必死に空気を吸うことしかできなかった。

呼吸困難で気絶しそうになったとき、ようやく高木先輩の唇が離れていく。僕はぐったりと

胸にもたれかかって、何度も大きく息をついだ。

「貴広はわかってない。どんなに俺がおまえのこと好きなのか。好きだって言わない、俺を近寄らせないおまえの気持ちがわからなくなったりして。それでもあきらめるなんてできないから、本当は強引にでも抱きたいって思ってる俺の気持ちなんか、おまえはなんにもわかってない」

わかってるよ。高木先輩がどんな目で僕のことを見ているか。そんな高木先輩のまなざしに、捕まってしまう僕自身もわかってる。

フローリングの床に押し倒されて、再び唇がふさがれる。喘《あえ》いで上下する僕の胸を押し潰《つぶ》すように、ぴったりと胸を合わせられる。激しい鼓動を感じた。どちらの鼓動か、もう僕にはわからなかった。

「先輩」

荒々しい仕草で服を脱がそうとする高木先輩の手を握り、止めて欲しいと哀願した。こんな強引なのはいやだった。何よりこのシチュエーションは、無理やり貫かれたあの日にあまりに似ている。

背中が痛い。この痛みは、こわい。

もう、だめだった。どんどん思い出してしまう。ふいにたがが外れて、視界が歪《ゆが》んだ。

「貴広？」

溢《あふ》れそうになる涙を隠そうと、首をねじって横を向いた。

「……悪かった」

体から重みが消えると、僕はすぐに起き上がり目元を拭《ぬぐ》った。

高木先輩の手が近づいてくる。けれど手は空中をさまよって、ひっこめられた。高木先輩もまた動揺していた。

「話があるんです」

高木先輩を見つめ、そう言ってからどのくらい黙っていただろう。階下からの高木先輩を呼ぶ声に、一気に張り詰めていた空気が緩んだ。階段を上がってくる音に、高木先輩はあわててドアへ向かう。

「何だ、おふくろ？」

薄く開けたドアの隙間から話そうとする高木先輩を、おばさんは押しやると、部屋の中に入って来た。

「台風で電車止まっちゃったわよ。貴広くん、どうする？　おばさん、車出してあげてもいいんだけど、明日休みだし泊まっていっちゃう？」

「い…いいえ、そんなとんでもないです」

「そう？　あら、どうしたの、目が赤いみたい。ケンカ？」

じっと見つめられ、僕はあわてて首を振った。

「電話を貸してもらえますか？　迎えに来てもらいます」

「はいはい、どうぞ。でも本当に泊まってもらっていいのよ。ねえ、勇一郎」

「ああ、そうだな。車も危ないかもしれないし」

「そうよね。そうしなさい。そのほうがきっとご両親も安心だわ」

おばさんは、自分の提案に納得するようにうなずいた。高木先輩とおばさんの間で、どんどん僕が泊まる方向に話が進んでいく。食事は部屋で食べるとか、着替えを出してあげなさいとか。

「ああーっ、勇一郎。窓のところ濡れてるじゃない、早く拭《ふ》きなさい。さては煙草吸って窓を開けたな」

すごい、目ざとい。

「しょうがない子ねぇ、これからプロになろうって人が、煙草なんて……」

高木先輩はおばさんにいろいろ言われないうちに、雑巾《ぞうきん》を取って来ると言って部屋を出て行ってしまった。

「あの、注意したんですけど……すいません」

いたたまれなくなって謝ると、クスリと笑われる。

「どんどん怒ってやって。おばさんより、貴広くんのほうが効果がありそうだから」

どういう意味かと、ちょっと首をかしげる。

「さあ、貴広くん。おうちに連絡しましょうか」

僕は促されるままに、階下に向かった。

家に電話をすると、ご迷惑でなければ泊めてもらいなさいと、母にあっさり言われてしまった。日ごろ、高木先輩の偉業を話しまくっているから、うちでは絶対の信頼がある。しかも、ヒーローで通っていた。Jリーグに入るんだという話をしたときなんて、なぜかうちの母が舞い上がってしまって、サインをねだってくる有り様だった。

電話をかわるように言われて、僕はおばさんに渡した。

「こちらこそ、勇一郎がお世話になっております」

挨拶《あいさつ》から始まった電話は、ずいぶん盛り上がっていて、いつまでたっても終わらなかった。

おばさんのとなりでポツンと立っていると、高木先輩に後ろから腕をひかれる。

「ほっといていい。おふくろ長電話だから」

僕は高木先輩に手をひかれるようにして、部屋に戻った。

「で、さっきの、話ってなんだ?」

僕は促されるままベッドに座り、話を切り出した。

「先輩は噂になってるの知ってます?」

となりに座った高木先輩に尋ねる。

「噂?」

「先輩と僕があやしいっていう、学校での噂」

「ああ、それか。誰が広めてるか知らないけど、なかなか鋭いやつがいるもんだな」

あっけらかんとしている。

「気にならないんですか？」

「本当のことは、別にかまわないけど」

「あぁ」

思わず、声を出してため息をついてしまう。

高木先輩がマイペースな人だから、よけいに僕が気を遣わなきゃならないんだ。

「貴広が困るか」

「困ることは先輩のほうが多いと思います。この先も噂が広まっていったら、先生とか家の人にも知られてしまうし、そうなったら…」

「おやじとおふくろなら知ってるぜ。俺が言ったから」

僕はあぜんとした。

「隠したほうがよかったか？　そのうちわかることなら、早いほうがいいかと思ったんだけど。別にどうってことなかったぞ」

「先輩って……いいけど」

「なんだ、途中でやめるな」

僕は高木先輩を見つめ、そっとため息をつく。

「僕は噂を消そうと必死だったのに。上野先輩が見たって言う女の子だって、僕が女の子とつきあってるふりでも見せれば、噂が少しは収まるのかなって」

「なんだ、そんなことだったのか。馬鹿だなぁ」

そうか、そうかと一人で納得して、にやにやし始める。

「そんなことって、簡単に言うけれど、僕は心配です。先輩は来年からプロになるんだから、先輩を知る人も増える。僕とのことだって学校の噂くらいじゃ済まなくなるかもしれない。聞いてます?」

まだ、にやにやしているから、僕はにらんだ。

「それで?」

笑いながら促される。

「だから、今からカモフラージュなんかも必要だと思って」

「そうか、そんなに考えてくれてたのか」

納得する場所がぜんぜん違うから、僕は説得を続けようとする。

「全国ですよ、全国」

「まあ、俺が狙ってるのは世界だけど」

さらりとすごいことを言ってのける。

「いいじゃないか。悪いことしてるわけじゃないし、噂になったからってどうなるもんでもない。カモフラージュなんていらないさ。それこそ、おまえとつきあってるのかって聞かれたら、誰にだって堂々とそうだって言うつもりだけど」

「だめです。そんなこと、言ったらだめですよ」

あわてて首を振る。

「僕、病気に気をつけろって言われたんです。全然知らない生徒にですよ。人間って偏見のかたまりだから、高木先輩みたいな考えの人はあんまりいないと思います」

「そうか、かわいそうだったな。ここんとこ元気なかったのそれだったのか。そういうことは早く言えって。よしよし、ショックだったんだな」

頭を撫《な》でられてしまう。

「俺ならそういうとき、ありがとさんとか言ってみせるんだけどな、貴広は傷ついちゃったのか」

「僕のことより、先輩も少しは保身しようとしてください。真剣に聞いてます?」

「聞いてるよ。おまえがそんなふうに先のことまで考えてたなんて、かわいいやら、嬉しいやらでさ。にやけるくらい許せ」

「何言って……もう、いいです」

僕は、背中を向けた。

「俺は隠さない。それで貴広の風当たりが強くなるのはやだけど、守ってやるから」

風当たりが強くならないようにとは考えないんだろうかと、もどかしくなる。あくまでもオープンでいようとする高木先輩と、隠すほうにしか考えてない僕はまったくの平行線だった。

「貴広は、俺が守るから」

後ろから抱きしめられる。

僕は少しドギマギしながらも、首を振った。

「守るなんて、僕には必要ないです」

「そう言うなって」

「僕は自分のことは自分でできます」

「まあまあ、俺のほうが年上だし、先に社会に出ることだし」

「いいんです」

「貴広は繊細《せんさい》だから、俺が心配なんだよ」

優しく言われるから、ぐっと詰まった。

「な？　そうしよう」

僕はうなずけないまでも、妥協してしまう。

高木先輩は、人々を自分のほうにひっぱっていってしまうのかもしれない。

「…だからって、公言してまわるような真似はしないでくださいよ」

「おっ、性格わかってきたな。先手打たれた」

高木先輩は、僕の耳元で楽しそうに笑った。

陽気で前向きなのはいいけれど、やっぱり放っておくと突っ走ってしまいそうだから、歯止めをかける必要はありそうだった。

「この話はおしまいにして、と」

後ろからの抱擁《ほうよう》が解かれ、向き合う格好《かっこう》になる。

「さっきは悪かった、イライラしてたから乱暴になったな」

「先輩は割と短気ですね」

軽く受け流すつもりで言い返す。

「こわかった？」

「もう、いいです」

「そうか。じゃあいいか？」

「何？」

「またキスしても」

高木先輩の顔が近づく。

「いい？」

覆いかぶさるように顔が近づいてくる。僕は答えるかわりに目を閉じた。

重ねるだけのキスをして、離れる。

「貴広」

「……はい？」

優しいキスはほんわかしてて好きだ。僕はそっと目を開けた。

「抱きたい」

ストレートに言われて、一気に体温が上がった。胸も急にバクバクしだして、ひどくうろたえてしまう。

「い、今、ですか？」

「そう今」

「あとでじゃなくて？」

「今すぐに」

抱《かか》えこむように抱かれ、今にも押し倒されそうな雰囲気《ふんいき》で熱くささやかれる。

「下におばさんが……上がって来たら困る」

高木先輩はちらっと時計を見た。

「夕飯まで、あと一時間くらいは来ないさ」

「でも…」

「大丈夫だ。それともいやなのか？」

「そうじゃないけど」

　僕はぐずぐずと渋っていた。いやなんじゃないけれど、そういうことをすると考えるだけで緊張してしまう。

「そんな緊張するな、って言っても無理か。いっつも、貴広初めのほうはだめだもんな。ああ、すごくドキドキしてる」

　高木先輩は僕のブレザーの中にすっと手を忍びこませて、左胸に手を当てた。

「ほら、俺も同じだから、安心しろ」

　手を摑まれ、高木先輩の胸に押し当てられる。

「な、同じだろ？」

「うん」

　高木先輩もドキドキしているのを確かめたら、なんとなく安心してきた。

　高木先輩は先に自分のブレザーやシャツを脱ぐと、ベッドの下にどんどん放り投げていった。僕はその様子を横目で見ながらブレザーを脱ぐ。のろのろとシャツのボタンに手をかける。袖のボタンから外すあたり、覚悟がいまいちついていってない。

　そうしていると、ネクタイを抜かれた。襟から順にボタンを外される。ズボンに手がかかって、反射的に高木先輩の手を押さえると、注意を逸《そ》らすように唇を重ねられた。

　上唇を挟《はさ》まれたり、下唇をついばまれたりされる。舌を押し当てて誘われるから、僕は薄く口を開く。湿った舌が入りこみ、歯茎の裏をくすぐるようになぞられると、背筋がゾクッとした。舌を探られ、絡めとるようにされると、頭がぼうっとなって何も考えられなくなる。ベッドの縁に座っていたのに、ズルズルとベッドからずり落ちてしまう。

「おい、大丈夫か？」

どこかぶつけなかったかと心配される。

僕はぼんやりしたまま床に座って、高木先輩の胸にそっともたれかかった。

すぐに高木先輩の手が、前が開いたシャツの中に入りこんでくる。撫でるようにさわられ、高木先輩の手が移動するたびに、僕は背中にしがみついていた。

「ここ感じるんだ」

脇腹を手の甲で撫で上げられる。

僕は高木先輩にギュッとしがみつき、そうすることで、そうだと答えてしまった。

「ここも、だな」

「先輩っ」

次々に高木先輩は触れて、僕の感じる部分を探していった。

「それから、ここ。ここはなめたほうがいいか」

わざと言って、僕をあおる。

乳首をぺろっとなめられ、きゅんっと固くなるのが自分でもわかってしまう。

「貴広は乳首なめられるの好きだろう?」

かぁっと体が熱くなる。首を振るけれど、一連の愛撫《あいぶ》に敏感になっていて、舌先で転がされると小さく声を漏《も》らしてしまう。そっちに気を取られていると、いつの間にズボンが緩んでいたのか、ジッパーも下ろされていて、下着の中に簡単に手が入りこんできてしまった。

「だめ…です。………っ……」

握られて、息を呑む。

「だめじゃないって、体が言ってるぞ」

意地悪を言われる。

どこもかしこも、もうあまり力が入らなくなっていたけれど、恥ずかしくて必死に体をよじった。押さえつけられたりされなかったから、僕は逃げるように後ろを向いた。けれど、自由に動けたのはそこまでで、腰を摑まれベッドのへりに固定される。背中に高木先輩の胸がのしかかってきて、僕は胸をベッドにつけたままぴくりとも動けなくなった。

「あ……」

動けない状態でズボンを下ろされ、尻が剝《む》き出しになってしまう。前に手が伸ばされ、僕のものを探られ、上下に動かされる。

「先輩っ」

「暴れるな」

「だって」

「苦しくないだろう？　顔が見えないのはもったいないけど、そのぶん思いっきり感じられるんじゃないか？　これなら恥ずかしくないだろう？」

耳にぴったりと唇をつけながら、ささやかれる。

後ろを向いているからって、恥ずかしくないわけない。

「こんな格好、いやです」

僕は小さく文句を言った。

「どんな格好だって？」

首を振るだけで答えられないでいると、どんどん追い上げられた。

上下にしごかれ、そうかと思うと揉まれたり、先のほうをぐりぐりっと指で押される。胸も同時にさわられると、僕はシーツを握りしめて、快感を追いかけるので精一杯になった。

「先輩、もう、……お願い」

追い上げては、つき放すようにする高木先輩にとうとう哀願してしまう。

「だめだ」

途中で止められて、ああと、落胆の声を漏らす。

今日は、すごく意地悪だ。

恨み言を言う間もなく、後ろに指が入ってきて、びくりと体がすくむ。どこに用意していたのか、ぬるりとした感触がして、オイルのようなもので潤されているのがわかった。

「一緒にいこうな」

何度か指を出し入れされた後、今度は全然違う圧迫感を味わわされる。押し当てられ、そのままぐっと中に入ってきた。

「痛いか?」

気遣ってくれても、やめてはくれない。

「あっ…や……」

ねじこまれるような感覚に、本能的に逃げを打っていた。

ひどい痛みはないけれど、圧迫感が苦しい。

さらに奥へと入れられ、ゆっくりと動き出される。

「うっ……ん。いやだ……苦し……」

なだめるように、前に手を伸ばされる。萎《な》えてしまったそれが、与えられる愛撫に再び勢いづいてくる。

「よくなってきた?　後ろが締まるの自分でわかるか?　ほら、感じると締めつける」

「…やだ」

「こうやって一緒にいこう」

前をキュッキュッとしごかれながら、後ろの出し入れが繰り返されると、僕は何もかもされるがままに、ガクガクとうなずくだけになる。

「あっ、…ああっ…」

背中がぴんと張り詰め、反り返る。

「貴広っ」

僕はいっそう高みまで上り詰め、一気に落ちた。高木先輩も続いて果てたのを、体の奥底で感じた。

ぐったりとベッドに突っ伏して、息が治まってきてもしばらく動けなかった。ズルッと抜かれて、中に出された精が股を伝った。のろのろと身を起こそうとするより早く、高木先輩が拭い取って後始末をしてくれた。

「ちょっ、先輩っ」

なぜか再び指が入りこんできてしまい、あわてる。

「きちんと出しとかないと気持ち悪いだろう」

「そんなの…自分でします」

バスルームは無理だからとトイレに行こうと立ち上がろうとして、ガクッと崩れる。足に力が入らなかった。

「無理だって。じっとしてろ」

やんわりと高木先輩に押さえつけられ、指を入れては、ぐるっとまわしたり、かき出すようにされた。

「後ろ、まだ慣れないな」

「でも、前より…」

切り裂かれてしまうような痛みはなくなった気がする。少しは慣れているんじゃないかと、首をかしげる。

「後ろもよくなるはずなんだけどな」

そう、指で内側をこすられる。

後始末と言いながら、探られて反応を確かめられているのだと気がついて、はっとする。

「もういいですっ」

僕は叫んで、高木先輩を押し退けた。

「貴広が気持ちいいと、俺も気持ちいいんだ。いろいろ試してみような」

高木先輩が、にっと笑う。

部屋はほとんど真っ暗といっていいくらいの明るさで、それだけが救いだった。明るいところなら、きっと真っ赤になっているのを見られてしまうだろうから。高木先輩が明かりを点けないうちに、服を着てしまおうと、散らばっている服をすばやくひき寄せたのだった。

夕飯を食べてシャワーを浴びたあと、僕達はダビングしておいたJリーグの試合を観戦した。途中でうとうとしてくると、高木先輩にテレビを消される。僕はあくびをしながら、おばさんが用意してくれていた布団を敷いた。

電気を消して、おやすみなさいと布団に入ると、高木先輩はさも当然というように布団の中に入ってくる。

「先輩はベッドに行ってください」

「なんで、せっかく二人でいるのに、わざわざ別のところで寝るんだよ。こんな機会めったにないんだぜ」

「だって…。まだ、するんですか？」

「まだって、これからじっくりするんだろ？」

「冗談、ですよね？」

「本気」

「眠いから、ごめんなさい」

僕は潜りこんできた人に背中を向け、毛布を抱いた。

「たかひろー」

情けない声を出されても、無視して目をつぶる。

「貴広、じゃあキスだけ、おやすみのキス。なぁ、させろよ」

高木先輩に揺すられる。あまりのしつこさに、それくらいならと体の向きを変える。

「う…んっ……んっ……」

高木先輩はおやすみのキスだなんて言ったくせに、思いっきり濃厚なやつを仕掛けてくる。

「んー……」

やっと高木先輩の顔を剥《は》がして、呼吸を確保する。それもつかの間、耳とか首筋とか、鎖骨とか、次々に唇をつけられる。

「何やって…」

「何っておやすみのキス」

「もうだめ。いやだ、眠い」

そんな誘いには乗れないのだと、ジタバタと暴れる。

夕方のあれが疲れたみたいで、僕は本気で眠かった。

「最後までしないから」

「いやです」

「貴広、そういうこと言うと襲うぞ」

冗談だとわかっていても、一瞬ビクッとしてしまう。乱暴なのは想像するだけでも、すごくこわくなってしまうのだった。

「本当に最後までしない？」

恐る恐る聞いてみる。

「ああ、しないから」

優しく言われて、ほっとする。

もう目がとろけてしまいそうなくらい眠かったのだけど、高木先輩の背中に手をまわして自分からキスをした。


「貴広、貴広、寝ちゃうなよ」

揺り起こされる。うっすらと目を開けたものの、自分がどうしてパジャマを着ていないのかわからなかった。

寝ぼけて頭がまわらないでいると、唇が重ねられ、吸われた。

「ん……ん…？」

なんとなく体の奥に異物を感じて、はっとする。

「あ……やだ、やだ」

中に入れられているのだとわかって、駄々をこねる子供みたいに体を揺すった。

「もう少しだけ、な？　もうちょっと眠らないで頑張ってくれよ」

なだめられながら、ゆっくりと腰を動かされた。

「しないって言った」

ぼけぼけの頭で、僕は恨み事を言う。

「ごめん」

「嘘つき」

「ごめんって」

高木先輩は謝りながらも、腰を動かす。

「…あ……んんっ、あっ」

ゆっくりと熱が高まり、いつしか僕は声を上げていた。

「気持ちいい?」

「……ん」

「さっきから締めつけてくるんだけど、感じてる?」

「うん」

出し入れを繰り返されて、奥のほうが疼《うず》く感覚が段々強くなっていく。

「あっ…だめ……やめたらヤ」

夢うつつのうちに、口走る。

動きが止まってしまうのはいやだった。

「やめない、形を変えるだけだ」

つながったまま、背中に手を入れて抱き起こされる。

「やっ、苦し…」

「大丈夫だ」

そう言われても挿入が深くなるのが苦しくて、僕は高木先輩の首にしがみついた。

高木先輩の膝《ひざ》に乗る形になって、下から揺すり上げられる。

「あっ、んんっ」

同時に唇を吸われて、体がビクビクッとした。つながった部分が高木先輩を締めつけているのが自分でもわかった。

「貴広の中、気持ちいい」

「……先輩、せん……あっ、あっ、ああー」

僕も気持ちがいいと、そのまま高木先輩の胸の中に落ちていった。


「貴広」

「も、やだ」

「貴広、朝だぞ」

朝という単語を耳にして、ばっと跳《と》び起きる。

「あ……今、僕、何か言いました?」

「もう、やだって。俺、何もしてないんだけど」

にやにやと笑われ、僕は真っ赤になった。

「そんなこと、言ってませんよ」

「言った。すごく色っぽく言った」

「言ってません!」

「ゆうべはあんなに素直だったのに。おまえ、すごい感じちゃってたみたいだった。『いいか?』って聞くと『いい』って答えて、もっとってねだってたくらいなのに。覚えてないなんて言わせないぞ」

「嘘だ」

僕はじっと記憶をたどり、思い出そうとした。

下の布団で眠ったはずなのに、今ベッドにいるのも、なんだかあやしげな感じだし、……そう言えば、そんなことを言ったかもしれない。同時に、自分の乱れた姿もおぼろげに思い出してきて…。

思い出してしまうと、もうだめだった。恥ずかしさに、わぁーと暴れたくなって、毛布を頭からかぶった。

「思い出したみたいだな。ついでに言っとくけど、後ろもかなり感じてたぞ」

追い打ちをかけられる。

僕は必死になって、ブンブンと首を振った。

「そんなに否定しなくてもいいじゃないか、俺は嬉しいんだぞ。これからが楽しみだ」

最後までしないって言ったくせにとか、眠らせてくれなかったくせにとか、言いたいことはたくさんあったけれど、それを言うとずっと恥ずかしい話を続けることになってしまうので黙っていた。

僕は無言でベッドから起き上がると、窓に歩いた。体はあちこち軋《きし》んでいたけれど、無理して歩いた。

台風は昨夜のうちに通り過ぎたようで、迫力のある蒼穹《そうきゅう》が広がっていた。朝日が少し眩《まぶ》しいけれど、エネルギーが降り注がれているみたいで元気が出てくる。

「貴広？」

いつまでたっても口を利かない僕に不安になったのかもしれない。おずおずと声をかけられる。

「おはようございます。晴れてますよ」

僕は何事もなかったように振り返って、笑顔で言った。

こんな朝は照れてしまうから、僕は照れ隠しに目一杯の笑顔を作って見せた。

高木先輩は一瞬黙ってしまったけれど、すぐに笑顔が返ってきた。

「ああ、おはよう。飯食って、朝練でも行くか」

◆◇◆◇◆

「噂になってるやつらだろう。やっぱ、あやしいよな」

早朝、二人で登校すると、別の運動部員に聞こえよがしを言われてしまう。

僕は無視しようと決めて、黙々とグラウンドに向かって歩いた。けれど、高木先輩がくるりと振り返ってしまう。

「何か文句があるか！」

一喝された生徒は、迫力に負けたようにただ首を振っていた。

僕は呆然《ぼうぜん》と、高木先輩を見上げた。

「心配ない」

高木先輩は、とても優しい目をしていた。

でも、今の言い方だと、噂を認めたことになるんじゃないのか。

僕はそう言おうともしたのだけれど、ふっと、肩の力が抜けてしまった。

周囲がうるさくなりそうだ。

でも、いいか。このくらいのことは関係ないか。僕が気になるのは、この人のまなざしだけなんだから。優しいまなざしを向けられただけで、僕はとても幸せになるんだから。

なんだかさっぱりとした気分になってしまい、高木先輩に笑いかけていた。

「行きましょう」

そして、僕達は歩き出した。

GOOD NIGHT

『本日のJリーグ中継の解説は、村上次朗《むらかみじろう》さん。実況は私、清水《しみず》でお送りしています。後半も残すところわずかとなってきましたが、いまだ両チームとも無得点。白熱した試合が続いています。さて、村上さん、今年入った注目の高木《たかぎ》選手は、今日もいい活躍をしていますね』

『いやー、高木はいいですよ。彼は、本当に素晴らしいサッカーセンスを持っています』

『高木選手は、大物新人という意味で〝スーパールーキー〟と呼ばれていますが、五月現在、得点ランキングでは新人ながら三位につけています。そのあたりはいかがですか』

『ええ、まだまだ点は取れると思いますよ。高木はゴール前での動きが特に素晴らしいんです。二人、三人にマークされても、背負いながらシュートまでもって行くところなんかは新人ながら圧巻ですね。久々に出た正統派のストライカーという感じです』

『それでは、今後もますます期待できそうですね……、おおっと。ゴール！　ゴォール！　今、話題にしていた高木選手が、後半四十二分、いい時間帯でゴールを決めました！　これは決勝点になりそうだー！　今日もすごいところで決めてくれました！　まさしくスーパールーキー、高木勇一郎《ゆういちろう》！』

テレビのブラウン管から、アナウンサーの興奮した声が聞こえてくる。同時にカメラが、スーパールーキーの顔のアップを捉《とら》え、画面に向かって派手な投げキッスをしているところを映し出していた。

　テレビの中の高木先輩に、僕はほほ笑み返し、さて、と立ち上がった。一時間もすれば、彼がここに帰ってくる。そう、僕は今、サッカーファンの間でスーパールーキーと呼ばれている、高木勇一郎先輩のマンションに来ている。

　彼は、現在高校三年生の僕の一つ先輩で、ついこの間まで同じグラウンドに立っていた人だ。この春卒業と同時にプロ入りし、あっと言う間に試合で活躍し、テレビに多く映るようになった。それはもちろん、高校時代からプレーは群を抜いていたけれど、こうして本当にテレビに映っているのを見ると、つくづくすごい人だと思う。

　かつて僕は高木先輩を尊敬していた。今だって尊敬していることに間違いはなかったけれど、それとは別な感情も持っている。見つめられるだけで、苦しいくらいに胸がざわめく。触れられてしまえば、心が乱れて何も考えられなくなってしまう。

　これはもう恋だ。……なんて、清らかに告白してしまったけれど、もうとっくに僕達は、親密な関係になっている。

　そもそも始まりは、高木先輩の強烈な攻撃だった。突然好きだと言われ、押し倒されてしまった。強引に高木先輩のペースに持っていかれたことを恨んだこともあったけれど、気づけば陥落していた。どこかで僕も彼とより深くつながることを求めていたのかもしれない。そうじゃなければ、今こんなに好きだという気持ちの説明がつかない気がする。

Jリーグ中継が終わり、テレビを消したものの、僕は意味もなく部屋とキッチンを往復していた。

高木先輩がこの2DKのマンションで一人暮らしを始めて二カ月になる。毎日遊びに来いと、合鍵《あいかぎ》を渡された。けれどJリーグの選手というのは、シーズン中は地方遠征の連続で、自宅よりホテルに泊まっていることのほうが多い。ここ二カ月にしても、僕達がゆっくりと会えたのは数えるほどしかない。

僕は部屋をうろうろと歩きまわった。何か作ったほうがいいかと、料理もできないくせに思ったり、シンプルな部屋で、片づけるものはないかと探してみたり。小一時間もうろうろしただろうか、十時を少しまわったころ、インターホンが鳴った。

「おかえりなさい」

走って行って、高木先輩を出迎える。

「ただいま」

高木先輩は、にこにこ笑いながら、大きな荷物を玄関に置いた。

僕は久しぶりの笑顔にドキドキしてしまって、荷物を持ち上げると、そそくさと後ろを向いた。

とたんに、後ろから羽交《はが》い絞《じ》めにされてしまう。ギュウーッと音がするくらい、強く抱きしめられた。

「すごく会いたかった」

耳の下に唇《くちびる》を押しつけられて、思わず体がすくんだ。

「相変わらず敏感だな」

笑いを含んだ声に、頬《ほお》が火照《ほて》る。

腕の中から抜け出そうと前に逃げると、反対に思いきり肩をひかれ、後ろ向きに倒れそうになった。床に倒れる前に支えてくれたのはいいけれど、すんなり離してくれたほうがもっとよかった。

「先輩！」

「久しぶりに会えたのに、貴広《たかひろ》がそっけないからだろう？　罰として押し倒しの刑だ」

笑いながら体の位置を入れ換えてくるから、本当に押し倒された格好《かっこう》になってしまった。

「違います。違うってば」

頬やあごや首筋に、次々と唇を押しつけられる。

「何が違うって？」

喉《のど》に触れるか触れないかのぎりぎりのところで喋《しゃべ》られると、息がかかってくすぐったくて仕方がない。

「だから、……あははっ、…ちょっと喋らせてください」

僕はもだえながら、喉を自分の手でガードした。

「だって、久しぶりだと、なんか恥ずかしいっていうか…」

「ああ、ゆっくり会えるの久しぶりだよな。だから、こういうのも久しぶりだろ」

ガードをしている指の隙間《すきま》に唇を押しつけられ、ペロリとなめられてしまうと、もうだめだった。

流されるかもしれない。

胸のあたりを大きな手でゆっくりとまさぐられた。シャツ越しに伝わる感触が、もどかしい。

「もっと、して欲しい？」

わざと聞いてくるところが、この人は意地悪だと思う。でも、今日の僕はなんだか、おかしいくらいに体が熱くなってしまって、拒《こば》んだり、後回しにしたりできそうもなかった。

「先輩」

求めるように高木先輩の背中に腕をまわした。とたん、しげしげと見つめられる。いつになく、火がついてしまっているのは事実だけれど、そんな意外そうな顔をしなくてもいい。

なんとなく悔しくなって、僕は高木先輩のうなじに手を添えて顔をひき寄せた。すぐに唇が重なり、しっとりと濡《ぬ》れた舌が絡み合う。

「行こう」

深いキスの途中で、突然のように唇を離されてしまう。

「や……」

寝室の方向を向いた人を、僕はもう一度ひき寄せた。

すぐに背中を抱き取られ、再び唇を覆われた。

シャツの裾《すそ》から忍びこんできた手は、心得た動きで背中から脇《わき》、胸へと移動する。僕はキスの合間に、高木先輩のワイシャツのボタンを外そうとするのだけれど、乳首を摘まれると握りしめるだけになった。さらにズボンの前に手を当てられると、プレスの効いたワイシャツが皺《しわ》くちゃになってしまった。

ズボンのジッパーを下げられ、高木先輩の手が滑りこんでくる。じかに触れられ、僕が高ぶっているのを確認すると、一気に下着ごとズボンを下ろされた。

緩く握られ、ゆっくりと上下にしごかれる。優しい愛撫《あいぶ》にも、呼吸はどんどん乱れ、胸は早鐘を打つ。

「……先輩」

「まだ、早い」

後ろに指を入れられ、時間をかけていじくられると、与えられないもどかしさに身をよじった。

「……いや…だ、……もう」

「そんな、急ぐな。まだ全然狭《せま》い」

後ろを指でほぐされながら、キスでなだめられる。

「……先輩、先輩」

「今入れたら、痛いだろ」

「…いいから、はや…く」

痛くてもいいから、熱い体を早くなんとかして欲しい。

切羽詰《せっぱ》まって訴えると、わかったわかったと高木先輩は自分のズボンをすばやく脱いだ。

「何も用意してないから、貴広が濡らしてくれ」

一瞬何のことかわからずに、高木先輩を見つめる。

「潤滑剤のかわりに、口でな」

口の中に指を入れられ、あっと、理解する。

僕は、とまどいながらも起き上がって、膝立《ひざだ》ちになっている高木先輩の腰に顔を近づけた。

今まで、口でするように言われたことはなかったけれど、思ったより抵抗なく、口に含んでいる自分に少し驚いてしまう。

「……もういいぞ」

言われるまま顔を離すと、再び床に仰向けになるよう促《うなが》される。

膝の内側に手をかけられ、足を大きく開かれる。あらわになった後ろに、再び指を入れられる。

「傷ついたら、困るな。痛かったら言えよ」

高木先輩は今度こそ自分を後ろにあてがい、腰を進めてきた。

「……っ…」

挿入の始めにつきまとう苦しさに、思わず息を呑《の》むと、高木先輩は動きを止めてしまう。

「大丈夫だから、…もっと」

浅く息を吸いながら高木先輩を見つめると、ゆっくりと体を進めてくる。そろそろとした動きはよけいに質量を感じて、生々しかった。少しひきつるような痛みもある。

体は拒んでいるのかもしれないのに、気持ちはひどく高ぶってしまって、自分でも手がつけられなかった。

次第に動きが激しくなるにつれて、気持ちのよさが痛みに勝ってくる。そうなると僕は自分が何を口走っているのかもわからなくなって、ただただ高みを目指して行くだけになった。

「……あっ、ああっ………っー」

先に駆け上がった僕に続くように、高木先輩も達したのを、奥深いところで感じた。

そうして僕達は、抱き合ったまま荒い呼吸を鎮めていった。

白濁した頭がはっきりしてくると、僕は自分の姿が気になりだした。シャツはたくし上げられているだけで着たまま。剝《む》き出しの下半身が、同じように剝き出しになっている高木先輩の足に絡んでいた。恐る恐る見回せばここは玄関とキッチンの間にある廊下だった。高木先輩の荷物は、もちろん放りっぱなし。

「わぁっ」

いきなり叫んだ僕に、高木先輩は何もかも理解したように、いやらしく笑った。

「すごかったな」

恥ずかしい感想なんかいいから、早くどいて欲しかった。力いっぱい高木先輩の肩を押して、この状況から脱しようと試みるのだけど、逃がしてはもらえない。

「貴広がこんなに燃えてくれるんなら、久しぶりに会うのも悪くないな」

「なっ、な……」

何言ってるんですかと言いたかったのだけど、あまりのことに口がまわらない。

「もっととか、早くとか、色っぽーい声出すから、俺ドキドキした。いつもは聞けない言葉だもんな。それに、貴広はベッドまで行けないくらい欲しかったんだよな？」

耳をふさぎたくなる恥ずかしいことを言われても、本当のことだから何も言い返せない。自分でも、今さっきの衝動には驚いているくらいだ。

高木先輩はいつまでもニヤニヤしていて、僕は重しを乗っけたまま、ジタバタと暴れていた。

「腹へったな」

ふいに高木先輩が起き上がる。体から重みが消え、僕はやっと上体を起こすことができた。

「貴広は、そのまま風呂入ってこい。出前頼んどくけど、何がいい？」

「いつもの中華は？　ラーメンとか」

しばらく考えてから答える。

「安上がりだな」

高木先輩は苦笑しながら、部屋のほうへ歩いて行った。

僕と入れ違いでシャワーを浴びた高木先輩が出てくるころ、出前が来た。

「時間外に、いつもすいません」

高木先輩は、顔なじみの中華屋のおじさんに詫《わ》びた。

「サッカー選手に食べてもらって、こっちは作りがいがあるってもんだ。今日の試合も見てたよ。こう、ズバーンってシュート決めたじゃない。胸がすかっとしたなあ。いやー、まったくすごいね」

「ありがとうございます」

高木先輩は、愛想よく笑った。

「おっと、のびないうちに食べてもらわなきゃ。じゃ、まいどー」

「いい人だ」

おじさんを見送りながら、思わずつぶやいていた。

「ハハハッ、あのおじさん、いつも褒《ほ》めてくれるな。貴広は俺が褒められると、嬉しいのか？」

うなずくと、高木先輩は上機嫌で、僕の分までどんぶりを運んでくれた。

出前のおじさんに褒められただけだけれど、僕は本当に嬉しかった。

高木先輩はとても大きなものを持っている人だ。器の大きさは同じ男として、ましてや同じサッカーをする者として、少しくらいは妬《ねた》ましく思ったほうがいいのかもしれない。けれど、羨《うらや》ましいとか妬ましいとか、最初から考えられなかった。

高校に入学して高木先輩を間近に見るなり、僕は圧倒された。才能とか、体格とか、技術とか、考え方まで、もうひたすらすごい人だった。純粋に尊敬する対象だった。

ただ、先輩と後輩というだけの関係より一歩進んだ分、自分のちっぽけさを意識させられることにはなっている。

僕は自分の足できちんと立てる人になれるのか。そして、本当に彼のとなりを歩いて行けるのかと。

「貴広、何考えてるんだ？」

野菜炒《いた》めをつつきながら、高木先輩に尋《たず》ねられる。

「何も」

先行きの不安を振り払うように首を振り、大分残っているラーメンに取りかかった。

「そうか？　部活のほうはどうだ？　苦労してるんじゃないだろうな？　三年になったからって、後輩の面倒なんか見なくていいんだぞ。貴広は神経が細やかだから、面倒見だしたらきりがなくなる。そのために俺達、卒業するとき、貴広じゃなくて茂章《しげあき》を部長に指名したんだからな。面倒なことは全部、茂章にやらせろよ」

僕は口元だけで笑った。

「部長は茂章を指名してもらってよかったです。茂章、練習熱心だから、部員達が真面目《まじめ》になって、ちょっとすごいことになってますよ。自主トレの朝練の参加率なんか、九割超えてるんです。でも五月に入った時点で一年が半分になっちゃいましたけど」

「へぇ、茂章は人がいいから、アットホームな雰囲気《ふんいき》になるかと思ったら、結構厳しく仕切ってんのか。俺、卒業したあとでよかったわ」

冗談みたいに笑っているけれど、高木先輩の練習量がほかの誰よりも多かったのを、僕は覚えている。

僕達は先輩達に続いているのだし、練習しなければ先輩達のようには勝っていけない。

「そういえば先輩、明日の予定は？　もう十二時まわってますけど」

「明日は予定はないな」

「午後からも練習ないんですか？」

「ああ、完全オフ。どうかしたか？」

「日曜も午後から練習のときがあるから、どうなのかと思って」

「そういう貴広は部活ないのか？」

「五月祭の準備期間で、グラウンド使えないんです。だから部活は休み」

「だったら、ゆっくりできるな」

高木先輩は頬を緩《ゆる》めた。

「それじゃ、僕が器片づけますから、先輩はゆっくり休んでください。試合だったから、疲れてるでしょう。少し疲れた顔してますよ」

「いや…」

「疲れてないんですか?」

「…まあな」

僕は首をかしげながらも立ち上がって、器をキッチンに運んだ。器をさっと流して、部屋の外に出しておく。

細々した用事を片づけてから寝室に行くと、電気が消えていた。僕は起こさないように、そうっと収納を開ける。

「貴広、また布団敷こうとしてるのか? このベッド、二人で寝れるだろ、俺が何のために大きいの買ったと思ってる?」

「起きてたんですか」

僕は首をすくめた。

同じベッドに入ると、どういうわけかおとなしく眠れたためしがなかった。だから、つい布団を敷こうとしてしまう。いつも思うのだけれど、疲れきっているはずの高木先輩に、充分に体を休めて欲しかった。

「のびのびと眠ったほうが疲れが取れると思うんですけど」

「俺は貴広抱《かか》えてたほうが寝つきがいいんだ。ほら、来いよ」

有無を言わせないふうに布団をめくられる。

素直にとなりに入ってじっとしていたのだけれど、高木先輩はいつまでたっても寝息を立てなかった。

「眠れないんですか？」

「体は疲れてるんだろうけど。まあ、しばらくは仕方ないさ」

高木先輩は神経質ではないけれど、このごろ、試合で疲れきっているときに限って眠れなくなってしまうようだった。たぶん、急激な環境の変化…まわりの期待やマスコミの取材、いろんなものからの刺激で神経が高ぶってしまうのだろう。

困ったねと、僕は薄明かりの中で小さく言った。

「もっと、近くに来てくれよ」

さもだるそうに訴えるから、高木先輩のほうへ少しだけ身をずらした。

「抱いててもいいか」

「…はい」

抱きしめられて、高木先輩の胸に頭をつける格好になる。ぴったりと体が密着すると、規則正しい鼓動に眠気がやってくる。

「こうやってると、変な気分になるな」

うとうとしていたところに、声をかけられる。

「いつもそんなこと言って。いいから眠ってください」

僕は目をつぶったままで答える。

「おい、自分だけ眠っちゃうなよ」

「目を閉じてるだけです」

「なあ、貴広」

ささやく声が微妙にあやしくなる。

「何です?」

「眠れることしよう」

「…………」

僕は狸寝入《たぬきねい》りを決めこんだ。

「さっきはあんなに激しく求めてくれたのになぁ。やっぱり会ってなかったからたまってたのか?　今日は貴広の感度がよさそうだから期待できるのに」

とんでもないことを言い出すから、思わず顔を上げる。

にっこりと笑っている顔に、しまったと顔を伏せても遅かった。

高木先輩は、なあ、と背筋を撫《な》で上げてくる。

ぴくっと、体が勝手に反応してしまうと、小さく笑われる。

身をよじろうとするのを許されず、しっかりと抱き抱えられたまま、器用にシャツを脱がされてしまった。

「あ……」

湿った舌が、胸の弱い部分に集中し、チュッと、音を立てて吸われる。乳首が固くなっているのを、わざと知らせるように舌で転がされ、唾液《だえき》でぬるぬるしたそこを指で摘まれる。

「んっ……」

甘えた声を出してしまうと、さらに責められる。しっかりと脇腹を押さえられ、のぼせたように体が熱くなるまで繰り返された。

唇が徐々に下へと移動し、内股の柔らかいところを吸われ、甘噛《あまが》みされ、痛いくらいの鋭い感覚も、また心地よさに変わっていく。

高木先輩が触れてくれないと気づいたのは、内股を撫でられ、腰のくぼみをなぞられ、次にくる場所……本当にさわって欲しいところから、すっと違う場所に移ってしまったときだ。

「……先…輩…」

自分でも熱いとわかる吐息。

「何だ？」

焦《じ》らされているとわかっても、玄関先でのように、自分からねだるようなことは言えなかった。

「リクエストか?」

持てあまし気味の熱い体が、言葉だけでこれ以上ないくらいカッと熱くなる。

「ここ?」

中心を指でちょんっと触れられ、それだけのことなのにひどく反応して跳ね上がる。

「やっぱり、今日は元気いいな」

クスッと、笑われる。

「なっ…、ひどいよ」

何度もからかわれたら、いたたまれない。

僕は身をよじって高木先輩から離れると、上がけにくるまってしまった。

ちっとも悪びれていないふうだから、意地になってそっぽを向いていた。

「悪かった、悪かった」

「悪かったって。貴広があんまり素直に反応するから嬉しくてさ。な、機嫌直せ。ちゃんと気持ちよくしてやるから」

僕の背中にぴったりと身を寄せ、上がけの中に手を入れてくる。

高木先輩の手は、今度は確実に僕に触れ、握った。何度も緩く強く握り、確かめるように上下にしごく。滲《にじ》み出したものを、こすりつけるように先端を指で押し揉《も》む。けれど、もう限界だと思ったとき、すっと手が離れてしまった。

思わず高木先輩を振り返るけれど、すぐに唇をふさがれ、苦情は言えなかった。首をねじったままで唇を重ねられるという無理な姿勢にあえなく降参し、僕は自分から体をずらして高木先輩のほうを向いた。

すぐに舌が入りこみ、絡まり、深いキスに長いこと夢中にさせられて……うっと息が詰まる。不意打ちで指が後ろに入ってきた。指はもう一本加えられ、押し広げるようにしながら奥に進んでくる。

「……も…う、だ…め…、はや…く…」

後ろをゆっくり慣らされるのは耐えられなかった。

「ん………あぁっ…」

ようやく指が抜かれ、高木先輩が入って来たとき、もう僕はだめで入れられただけで達してしまった。

「ごめ…なさ…」

荒い呼吸のまま謝った。

高木先輩はまだ何もしていないのに。

「いい、待ってるから」

高木先輩は僕の中に入ったまま、少しだけ僕が落ち着くのを待ってくれた。

「息、色っぽいな」

必死で立て直していると、恥ずかしいことを言われる。

「やだ…」

無意識に身じろぎすると、自分で動いてしまう格好になり、今達したばかりなのに体の奥が変になった。

「あ……んっ……」

呼応するように、ゆっくりと動き出される。

同時に前も触れられると、僕はまたすぐに達してしまいそうになった。

「だめ。…さわったら、だめ」

必死に言って、高木先輩の手を離そうとする。

どうしてしまったのか、僕は高ぶってしまう自分を止められなかった。

「……何か、変…で…」

「変じゃないさ」

腰の動きが少し速くなる。

「あっ、あっ……あっ……ああーっ」

テンポが変わっただけで、また僕だけ達してしまう。

そうして三度目ともなると、さすがに高木先輩に待ったをかけられる。

「そろそろ、我慢できるか?」

「う、ん……あっ、痛っ……」

高木先輩にギュッと僕自身を握りしめられる。

「痛いっ」

あまりの痛みに涙が滲んでくる。

「あんまり感じすぎるみたいだから、調整しようか」

ふいに後ろの圧迫が去り、高木先輩は出て行ってしまった。涙目で見つめると、背中に手をまわされ、よっと抱き起こされた。

ベッドの背もたれに寄りかかった高木先輩に、向かい合うようにして座らされる。

「自分で入れてみろ」

ほらと、高木先輩のものを握らされる。あんまりな格好に、頭が混乱する。顔は間近だし、いつもと体勢が違う。躊躇《ちゅうちょ》しているとウエストに手をかけられ、強引に中腰にさせられた。

「座って」

高木先輩は、僕の後ろに自分のものを当てた状態で促す。

「………い…や…」

僕は首を振るけれど、ぐったりした体にはあまり力が入らず、そう長いこと中腰のままではいられなかった。

そうしていったん先端が入りこめば、あとはもう崩れるように座りこむだけになる。自分の体重がかかって、深々と奥まで入って行った。

「自分で動かないとな」

高木先輩は腰を支えるだけで、ほかには何もしてくれなかった。

「…いや…だ、…いやだ、………こんなの、…や…だ」

僕は首を振り続ける。その振動すら体の奥に響いて、たまらなくなる。

「動かないと、もっとつらいだろ」

高木先輩は言葉で促すだけで、少しも動いてくれない。どんなに恥ずかしくても、自分でするしか体を鎮める方法がないのを悟って、僕はがくがくとした膝に必死で力を入れようとした。

高木先輩の肩に手を置き、支えにして腰を浮かせる。ズッと中から出てくる感触に身震《みぶる》いをしてしまう。膝を支えていられなくて、すぐにしゃがみこむと、また奥まで入りこんだ。

「……もう、お願い………お…ねが…い」

ぎゅっと高木先輩の首にすがりつく。

「もうちょい、もう少し頑張ってみろ」

「も……やだぁー」

僕は感極まってしまって、ひっくとしゃくり上げた。

「ああ、泣くな」

あやすように背中をさすられる。

「だって……」

「わかったから、な、ほらっ」

高木先輩はベッドのスプリングを利用して、体を揺すり出す。

「うっ、うっ」

泣いているのか、喘《あえ》いでいるのか、自分でもわからなかった。

ゆっくりと波がくる。

僕の中にいる高木先輩が、さらに大きく、熱く、硬度を増すのを感じた。

ふわっと体が浮き、ベッドに背中がつく。覆いかぶさるように体を重ねられる。慣れた形に戻ったとたん、動きが速く激しくなった。

「あっ、あっ、ああっ」

「もう少しな」

タイミングを合わせようと、声で支えられる。

「あっ、も……ああっー」

勝手に達してばかりいた僕の中に、熱がほとばしった。奥深いところで受け止めながら、僕はビクビク体を震わせ、もう一度放った瞬間、ストーンとどこかに落ちてしまった感じがした。

そのまま、僕は腕も足もぱったりと投げ出してベッドに沈んだ。

き《・》な《・》い。

せつなくなるような声が聞こえる。何を言っているんだろう。何度も繰り返す言葉が理解できない。

規則的に髪を撫でられている。

「……る。貴広」

意識が浅くなったり深くなったりする中、僕は高木先輩の声を聞いていた。

少したってから本格的に意識が戻り、ぱっちりと目を開けた。

「あ…僕、眠って？」

「眠ってっていうか、失神したっていうか。まだ、そんな時間たってない」

失神と聞いて、カァッと血が上る。感じすぎて気を失ってしまうなんて初めてだったし、思ってもみなかったことだった。

「無理させたか？」

からかうふうでもなく、額にかかる髪を撫で上げられた。

しばらく考えて首を振る。

「……平気って感じでもないけれど」

なんだか自分がすごいことになった自覚はあった。

「先輩って、やっぱり上手?　あ……比べたことなんかないけど、比べる人もいないし」

とんでもない質問だったかと、言ってからあわてる。

「俺じゃないだろ」

高木先輩はふっと笑って、静かな口調で続けた。

「貴広が俺のこと好きだってことだ」

「もちろん、そうですよ」

好きじゃなければ、こんなことしない。

「そうじゃなくて、もっと貴広が自分で考えてる以上に俺のこと好きになってる」

言われていることにとまどう。

僕は高木先輩のことがとても好きだ。そう口にしたことはなかっただろうか。

「俺は、許されてよかったって思う」

「何を?」

「貴広が考えてることで、俺に言わないこともたくさんあるんだろうけど、それは拒絶じゃないと思うんだ」

じっと見つめられる。

こんなふうに真摯《しんし》な目をするときの高木先輩は少しこわい。心の中をすべて暴かれ、丸呑みにされそうな気分になる。こわいのは愛情の深さかもしれない。

「高木先輩のことが好きです。昨日よりたくさん」

そっと告げると、高木先輩は、暗がりの中で優しく笑った。嬉しそうにも見えた。

「もう眠りましょう。なんか、僕はよく眠れそう。高木先輩は？　眠れそうですか？」

「眠れそうにないって言ったら？」

「大丈夫、眠れます」

僕は、確信を持って言った。

ついでに高木先輩の背中をぽんぽんと叩《たた》き、おまじないだと言ってあげる。

「いろいろ考えるんだ。おまえのことも、自分のことも」

僕は一つうなずく。

「でも、それは明日また考えることにして」

「そうだな」

「先輩も疲れてるはずですよ、休みましょう」

そんなやり取りを繰り返すうちに、高木先輩は寝息を立て始めた。

疲れた人の寝顔が愛しくて、こうやって、どんどん好きになっていくのかと自覚する。

僕はこのまま行こう。どこまで行けるのかわからないけれど、行けるところまで行こう。

一緒に行ってくれますか？

小さく問いかけてみる。高木先輩の寝顔がわずかにほほ笑んだように見えて、ひどく満ち足りた気分になった。
安心して眠ってください。本当は、あなたにこわいものなんてないんですよ。
静かに、僕の元で、おやすみなさい。

太陽の季節

夏、真っ盛り。

照りつける太陽は容赦なく体を突き刺し、こと切れてしまえと言わんばかりだった。

八月に入って僕は猛烈に激しい暑さの中、それ以上に激しい練習の日々を送っていた。

僕達G学院高等学校のサッカー部は、名門として知られ、特にここ三年間は試合では負けなしの常勝記録を誇っている。しかし、才能に溢《あふ》れたきら星のような先輩方が卒業した今、記録がストップするのは時間の問題だと、厳しい見方をされているのも事実だった。

そんな中で臨んだ夏のインターハイは、まず激戦区の都大会を制した。全国大会を一週間後に控え、優勝まで一気に上り詰めるつもりで合宿を張っている。

僕個人はチーム内のレギュラー取りに三年目にしてなんとか勝ち、守りのポジションの一つを任されている。三年生だからといって、たやすく手に入らないのが名門のつらいところで、泣きを見る部員も少なくない。レギュラーになった者は、みんなの気持ちを背負ってフィールドに立つことになる。

めまいのしそうな灼熱《しゃくねつ》のグラウンドで、バテバテの体を叱咤《しった》して走りまわる。喉《のど》は渇ききり、血の味がしている。体力の限界が近かった。

ピッピーッと笛が鳴って、中央に集合がかかる。コーチに二十分の休憩を告げられた。

僕は疲労の混じったため息をついて、なるべく人影のない水飲み場に向かった。

息もつがず、窒息しそうな勢いで水を呑《の》み、次に蛇口を下に向け頭から水をかぶった。内と外の両側から水分を摂《と》り、ようやく体温が下がって一息つく。余分な水気は、頭を左右に振って飛ばした。

「わっ」

近くで声がして、僕は顔を上げる。すぐそばに、森島《もりしま》が立っていた。一年生らしくないしっかりとした体格の彼は、中学時代は部活ではなくJリーグのジュニアチームにいたという変わり種で、プレーや姿にどことなく洗練された雰囲気《ふんいき》がある。

「あ、ごめん」

僕は濡《ぬ》れた髪をかき上げながら、水しぶきをかけてしまったことを謝る。

「これ、どうぞ」

森島にスポーツタオルを差し出される。

「ありがとう」

断るのも悪いかと、顔を拭《ふ》いて森島に返した。

森島は、監督に名前と顔を覚えられている数少ない一年生だ。秋口くらいにはレギュラーメンバーに入ってくるんじゃないかと噂《うわさ》されている。

「杉山《すぎやま》先輩、まだ水滴ついてます」

森島はそう言うと、手にしているスポーツタオルで僕の髪をガシガシと拭き出した。

僕は一瞬あっけにとられたものの、すぐに我に返って森島の手を押し止めた。

「もういい、ありがとう。あとは自然乾燥させるから」

僕は余裕の笑みを浮かべ、くるりと背を向けた。実際は、森島の大胆さに少し動揺していた。サッカー部はほかの運動部に比べると上下関係は厳しくないけれど、ここまで先輩に向かって距離を縮めてくる後輩はいない。

三年生の僕としては、喜ぶべきか悲しむべきか、複雑な気分になった。


終日グラウンドで過ごし、ようやく練習が終わった。二、三年生は次々に合宿を張っている体育館にひき上げて行く。一年生にはまだグラウンド整備が残っていた。

僕はこのまま戻ってもシャワーが混んでいるからと、時間をずらすためにグラウンドに残った。

水を撒《ま》いている一年生からホースを取ると、散らばって土を均《なら》している後輩目がけて水をかける。

「うわー、ちょっと杉山先輩、勘弁してくださいー」

大袈裟《おおげさ》な悲鳴がおかしくて、声を上げて笑ってしまう。

入部から五カ月目にして残った一年生は二十人ほどだ。昨年全国優勝をしたチームにしては新入部員の数が少ないのは、練習の厳しさに入部間もなくのころ退部者が続出したせいだ。今年は特に練習量が多いから無理もないけれど、残った部員はよくやっている。みんな、かわいい。

「じゃ、あとよろしく」

一通り水をかけて遊んでから、その場をあとにした。

僕はごみごみした部室や、鮨詰《すしづ》めになってしまうシャワー室が好きじゃない。以前は平気だったのだけれど、あるときからひどく神経質になってしまった。

あれから、そろそろ一年になるのか。苦しかった過去を振り払うように、冷たいシャワーを浴びてしまった。

Tシャツと、薄手の長ズボンという軽装で校舎を横切る。夏休みということもあって、合宿中は私服の着用を認められていた。

夕食のあとのミーティングが終わると、十時の消灯まで自由時間だったけれど、体育館に敷き詰められた布団の上で、ウノやゲームボーイをする気にはなれなかった。今に始まったことではないけれど、この大所帯はなんとかならないものかと、苦手な密集具合に苦笑するしかなかった。

ふと、体育館の壁にかかっているカレンダーに気をとられる。そうして、しばらくカレンダーの前でぼんやりした。

大会は一週間後、合宿は明日まで。毎日が忙《せわ》しなく過ぎていくのは仕方のないことだけれど、あの人と最後に会ったのはいつだったか。

僕は、無意識に何度もため息をついていた。

「杉山先輩、どうしたんですか?」

ニュッと、一年生の森島が横から顔を覗《のぞ》かせた。僕は自分の世界に入っていたので、とてもびっくりして大袈裟に身をひいてしまった。

「驚かせてすいません」

「あっ、ううん、いいんだ。何?」

「用はないんですけど、ため息ついてる顔が……」

「変な顔してた?」

「いいえ、いやに色っぽいから、気になって」

何を言い出すのかと森島を見つめる。思いがけない真剣な表情にぶつかって、一瞬ギョッとしてしまった。

「杉山先輩って、色気があるって言われません?」

「言われないよ」

僕は、受け流すつもりで、笑顔を作った。

一年生に慕われるのは嬉しいけれど、森島に対してはあまり喜べなかった。いつごろからだろう。それとも最初からだったか。気づけば、森島のまなざしはどんどん熱っぽくなっていった。それがどういう種類のものなのか、僕は経験で知っていた。

一年前、僕が二年生だったとき、一つ上の高木《たかぎ》先輩に向けられたまなざしと同じだった。高木先輩に好きだと言われ、抱きたいと言われ、結局僕は彼を拒《こば》めなくなった。とても好きだったから。それが尊敬という意味の好きだとしても、惹《ひ》かれていたことに違いなかった。最初はぎこちなく始まった高木先輩との関係も、今では簡単な言葉で表せるようになった。

恋人。

森島のまなざしは、あのときの高木先輩のそれとよく似ている。

「そういうの、やめたほうがいいですよ」

「何？」

意味がわからず、首をかしげる。

「甘い口元でニッコリ笑われたら、俺みたいに杉山先輩に惚《ほ》れてるやつは舞い上がっちまうから。俺、杉山先輩に惚れてるんです」

森島は、意外にもあっさり白状した。

「僕は、森島のことかわいい後輩だと思ってる」

わざと『後輩』のところを強調した。少し冷たいかとも思ったけれど、告白されたからには、はっきり拒絶する必要がある。

　案の定、森島は表情を曇《くも》らせてしまう。

「先輩、ちょっと外に出ませんか？」

「どうして？」

「話を…」

「やだよ」

　僕は途中で遮《さえぎ》った。

「俺は話もしてもらえないんですか？」

「外は蚊がいるから、いやなんだ」

　僕は涼しい顔で言い放った。

「杉山先輩！」

　森島の声が大きくなり、近くに寝そべっていた何人かが振り返る。その中にいた部長の内藤《ないとう》茂章《しげあき》が、のっそりと身を起こす。さっきから僕と森島の様子をちらちらと見ていたから、きっと、話の内容にも聞き耳を立てていただろう。

「どうした？　うん？　どうした？」

　茂章は僕と森島を交互に見て尋《たず》ねた。

　僕は困ったことになっていると、軽く肩をすくめて見せる。

茂章は任せろとばかりにうなずくと、森島の腕を掴《つか》んだ。

「まあ、座れよ。森島は、一年だから仕方ないよなぁ」

茂章は意味深にため息をついて見せた。

「今の話、聞こえてたから、まあ単刀直入に言うけど、貴広《たかひろ》のことはあきらめろ。貴広はな、この杉山先輩はだな、つきあってる人がいる」

「そんなの聞いたことありませんよ」

森島は意外そうな顔をした。

「だからぁ、森島が一年だから知らないだけで、俺ら三年や二年は、貴広がスッゲー人とつきあってるの知ってるんだ」

「ちょっと茂章、なんか、その言い方って…」

遠回しなだけにいやらしい感じがする。

けれど、僕が口を挟《はさ》もうとすると、茂章に黙ってろと目で合図される。

「森島の入りこむ余地はまったくない。だな、貴広?」

「まあ、そうだけど」

「もっとはっきり言ってやれ。僕はあの人以外愛せないからって」

最後のほうはちゃかし気味で、僕は茂章の腕にゲンコツを一発入れる。

「とにかく、そういうことだから」

僕は森島に向き直って、話を切り上げようとする。

森島は何か言おうとしたようだったけれど、茂章を見ると唇《くちびる》をひき結んで立ち上がった。

「でも俺はあきらめませんから。あきらめるくらいなら、最初から告白したりしませんよ」

一年生の輪の中に入って行った森島を、僕はあぜんと見送った。

「困ったやっちゃ」

茂章も、あきれ顔をする。

「本当だよ、あんな遠慮のない一年がいるなんて、僕の最上級生としての立場がないったら」

「違うって、俺が言ってるのは、おまえのこと」

ビシッと人差し指を向けられる。

「僕？」

「貴広はモテモテで困るって言ってんだ。よりによって男ばっかり。まあ、うちの学校は初めから男ばっかりだけど」

「男ばっかりって、二人目だろ。それに、女の子にだって、一応もてないわけじゃない」

「あー、その言葉、高木先輩に聞かせたいぜ」

茂章が高木先輩の名前を出したので、僕はもう一度ゲンコツを入れてやる。

「告げ口したら、蹴《け》りも入れるから」

それでもしっかり口止めするのを忘れない僕だった。

「バーカ、高木先輩が高校生だったころとは違うんだぜ。貴広と違って俺なんかがJリーガーに、そうそう会えるわけないだろ」

茂章は笑っていた。

確かに、高木先輩はJリーグで活躍する超多忙な選手だから、茂章が会える機会はあまりないだろう。僕だって、一カ月も会えないでいるんだし。

突然思い出してしまって、またため息をつく。

「おっと、そろそろ消灯だな。電気消して、みんなを寝かしつけるか。部長ってのは、体《てい》のいい雑用係だよなぁ」

茂章は笑いながら立ち上がると、「寝ろ、寝ろー」と、あちこちに声をかけてまわっていた。

その夜の僕は、心身ともに疲れていたけれど、何度も夜中に目が覚めてしまった。

一カ月も会ってない。もう、一週間声すら聞いてない。明日までの合宿が終わったら、電話をしてみようか。せめて声だけでも聞きたい。

高木先輩。

恋しい人の名前をつぶやきながら、僕は浅い眠りについた。

次の日、朝から始まった練習は、昼食を挟んで午後も続いた。

炎天下の練習がきつく、ふらふらっとボールを蹴っていたら、二年生にボールを奪われてしまった。しっかりしなきゃ。僕のポジションは試合になれば最後の砦《とりで》なんだ。抜かれたら、失点は免れない。

気合を入れ直しているとき、急に後ろのほうがざわめき出した。振り返ると、グラウンドの端に部員達が集まっている。何重もの人だかりができているから、何事かとじっと見つめ……僕は目を瞠《みは》った。

監督とコーチに両脇《りょうわき》を固められ、つき添われるように歩いて来たのは、高木勇一郎《ゆういちろう》先輩だった。昨年まで同じグラウンドで練習をしていたのが信じられないように感じられる、マスコミがスーパールーキーと持《も》て囃《はや》している天才ストライカー。

僕の焦がれてやまない人。

人だかりは高木先輩の歩調に合わせて移動し、徐々にこっちに近づいてきた。まだ距離があって、声は届かない。

ようやく人垣に隙間《すきま》ができたとき、高木先輩は隙を逃さない早業で、ちゃめっ気たっぷりのウィンクを送って来た。僕も、もちろんニッコリ。嬉しいに決まっている。

「貴広、高木先輩だぜ。来るの知ってたのか？」

向こうのほうから飛んで来た茂章に、肩を叩《たた》かれる。

「知らなかった」

「おまえー、すっごい嬉しそうな顔してるぞ。にやけてないで、さっさとそばに行けば？」

あきれたように言われる。

「ああ…でも、僕ら三年まで騒いだら練習にならなくなるし」

「もうそんなのとっくにだ。あの一年達のはしゃぎよう見ろよ。まあ、一年は高木先輩を間近で見たことないから無理ないか」

僕と茂章は、形だけボールをパスしあいながら話していた。

ピューッと、監督の指笛が鳴って、僕らも走って集合した。

「今日は、うちの卒業生で、Ｊリーグで活躍している、高木勇一郎選手が練習を見に来てくれた。せっかくだから、紅白戦に参加してもらおうと思う。しっかり見て、技術を盗むように。それじゃあ、レギュラーは半分に分かれて……」

残念ながら敵チームになってしまったけれど、僕は久々に高木先輩と同じグラウンドに立てることになった。僕のチームには一年生の森島が、高木先輩のチームには茂章が入った。

笛の合図で試合が開始される。

出だしでいきなり高木先輩にボールを奪われる。けれど、高木先輩のパス出しのスピードが早すぎて味方がついていっていなかった。連携が乱れたところを、僕のチームの森島がインターセプト。ボールを奪い返した。

森島はボールを持ちすぎるのが欠点なのだけれど、案の定、高木先輩は抜け目なく欠点を見

抜き、森島の持っているボールを難無く取り返してしまう。高木先輩は今度こそ茂章にタイミングよくパスをすると、猛烈な速さで僕のいるほうに攻めこんで来た。

僕はゴールから少し遠めに守って、ここは絶対に抜かさないと、腰を落とした。

高木先輩の巧みなボールさばきを間近で見ながら、やっぱりうまいと感心する。僕は左右に振り回されながらも、シュートコースだけは死守していた。

「貴広、久しぶりだな」

細かくステップを踏み、フェイントをかけながら、高木先輩が声をかけてきた。

「はい」

思わずにっこりと笑ってしまう。しまったと気づいたときには遅かった。

「甘ーい」

高木先輩は僕の隙をついて、シュートを放った。ゴールまでまだ三十メートル以上ある。こんな遠目から打ってくるなんて思わなかった。ゴールを振り返ると、ゴール右上のキーパーが絶対に取れない死角といわれている場所にボールが突き刺さっていった。

見事なロングシュート!

高木先輩は当然というように小さくガッツポーズ。僕の頭をくしゃくしゃにかきまわして笑っている。

「こーいうのも、フェイントの一つだな」

高木先輩は平然と言った。

「プロになって狡賢《ずるがしこ》くなりましたね」

悔しまぎれに言っても、少しもこたえたふうじゃなかった。

「勝つことに意義があるんだ。手段は選ばなくていい。教訓だな」

先生のような顔で高木先輩は言ってくださった。

僕はがっくりと肩を落とし、味方に向かってごめんという意味で手を挙げたのだった。

結局、紅白戦は僕のチームの惨敗に終わった。レギュラーを半分ずつに分けたから、実力は互角のはず。つまり高木先輩一人にやられた形で終了になった。

紅白戦が終わっても、まだ三時前でそのあとも練習は続いた。

高木先輩はフィールドの脇に立ち、ときおり部員を指さしては、監督やコーチに何か言っていた。

「貴広ーっ！」

ふいに高木先輩に大声で呼ばれる。

手招きされるまま、僕はフィールドを出た。

「それじゃ、そういうことで。監督、貴広は連れて帰りますから」

「えっ、僕はまだ練習が…」

何を言い出すのかと驚いてしまう。

「杉山、帰っていいぞ。明日は休みで、あさっての練習は一時からだ。高木、ちゃんと元気にして返してくれよ」

「わかってますって」

高木先輩は笑って、監督に請け負っている。

「本当に帰っていいんですか？」

僕は監督に尋ねる。

「うちは自主性を重んじている」

もっともらしいことを言ったあとで、コソコソと耳打ちしてくる。

「高木にまた来るように頼んでくれな」

監督に背中を押されるけれど、いいんだろうかと、とまどってしまう。

フィールドにいる部員達を振り返っていると、高木先輩に腕を摑まれる。そのまま、手を握られる形でひっぱって行かれた。

「ちょ、ちょっと、高木先輩」

「みんな、頑張れよー」

高木先輩は、僕の動揺なんかおかまいなしに、フィールドに向かって声をかけた。

部員達の視線が、一斉に高木先輩に集まる。必然的に手をつながれて僕がひっぱって行かれるところもみんなに見られてしまった。

「やっぱり、貴広がさらわれたなぁ」

茂章の笑い声を皮切りに、遠慮のない同学年達に、勝手知ったるという風情で囃し立てられる。二年生はとりあえず沈黙を守っていて、一年生は興味津々《きょうみしんしん》といった表情を浮かべていた。

なんにしても、視線が痛い。

「困ります。調子に乗らないでください」

僕は高木先輩を仰ぐと、ピシッと言った。

「やだね」

平然としたもので、手をつないだままどんどん僕をひっぱって行こうとする。

「先輩！」

語調を強めると、やっと手を放してくれた。脱力して、それと同時に大きく息を吐く。昨日までのやるせないため息ではなかったけれど、心境はとても複雑だった。今まで知られていなかった後輩達にまで知らせて、どういうつもりなんだか。

おおやけにしたくないと言っても、高木先輩はなかなかわかってくれない。

「貴広？」

「…………」

「すねるなよ」

ふっと笑われる。

「すねてなんかいません」

「じゃあ、怒ってるんだ」

僕が怒ったとしても、平気だってことなのか、まだ笑っている。

高木先輩の性格はわかっている。強引に自分のペースに巻きこんで、他人にもそれを認めさせる人だ。けれど、僕にだって自分のペースはあるんだから。

「荷物、合宿所から取ってきます」

僕はいきなりのように走り出した。

「あっ、貴広ー、校門で待ってる。校門だからなー」

後ろから声がして、それをわざと無視して走り抜けて行った。高木先輩のペースにばかり合わせるのは、少し納得できなかった。


制服に着替えて校門を出ると、意外なものが目に入って来る。横づけされた左ハンドルの車に、僕はしばらくポカンとしていた。

「驚いたか?」

僕の反応に満足した様子で高木先輩が車から降りてくる。後ろからほかの車が来ないのを確認して、僕を支えるようにして助手席のドアを開けてくれる。

そこまでしてくれなくても、僕は一人で乗れるのに。

高木先輩は変なところで僕を甘やかすことがあった。例えば、制服のネクタイを結んでくれたり、どこかの店に入るときドアを開けてくれたり。僕はうっかりするような性格でもないし、まして女の子じゃないんだから大丈夫なのに。

高木先輩は運転席に乗りこむと、車を発進させた。

「車買ったんですか？」

「気に入ったか？」

尋ね返されて、少し困った。正直言って、車にはあまり興味がない。これが何という名前の車なのかもわからなかった。

「色は好きだろう？」

高木先輩は察したように笑った。

「好きです」

ブルー系は総じて好きだ。車は深い青だった。

「貴広が気に入ってよかったけど、その言葉、もう一回俺に向かって言ってくれないか？」

僕は意味を理解して、くすくす笑ってしまう。

「好きですよ」

「本気で言ってるか？」

あまり躊躇《ちゅうちょ》せずに言ったせいか、高木先輩は面白くなさそうだった。

「もちろん。僕は先輩が好きです。信じてくれないんですか？」

会えなかったときの分だって、まとめて言いたいくらいだった。

「困ったな、これ以上なんて言ったらいいんだろう。ええと、とても好きです…」

それだけじゃだめですか？　と、言おうとして遮られる。ハンドルから片手を離して、僕の口を手でふさいでしまった。

「言わせといてなんだけど、これ以上聞いてたら暴走しそうだ。それに、貴広のそんなまれな言葉、今こんなところで聞くのもったいない」

高木先輩の手が意味深に僕の髪を撫《な》で、頰《ほお》をなぞる。

「帰ってからベッドの中で言ってくれ、な？」

ストレートな誘いに、僕はドギマギしてしまう。好きだと自然に言えても、その先のことはまだ積極的に口にできない。いよいよ困った僕は、逃げるように窓に寄りかかると、外に視線を移した。


高木先輩のマンションは、気密性が高いのか、熱がこもっていて息苦しくなるほど暑かった。僕はすぐに窓を開けると、窓辺にへたりこむように座った。風が入ってきて多少しのげるものの、首筋から汗が滴《したた》ってくる。

留守番電話のメッセージを聞き終わった高木先輩がやってきて、あきれた声を出した。

「エアコン入れろよ、我慢大会じゃないんだから」

高木先輩はさっさと窓を閉めて、リモコンを操作した。

「おまえ、クーラーだめだっけ？」

「僕は大丈夫ですけど、プロは体に気を遣わないといけないんじゃないかと思って」

「あんまり暑いのもばてるさ」

確かにこの暑さはこたえると僕はうなずいた。

「監督、貴広が集中してないって心配してたぞ、体の調子でも悪いのか？」

「そんなふうに見えました？」

「体のキレが悪いって感じはしなかったけどな」

「調子は悪くないです」

もし何かあるとすれば、高木先輩に会えなかったことだ。

「どうした？　疲れが出たのか？」

優しく尋ねられて、首を振る。

「おまえ、昨年よりずっとうまくなったぞ。インターハイ頑張れよ」

ポンポンと励ますように頭を叩いてくれる。

なにげない一言が嬉しくて、いきなり頑張ろうという気になってしまった。

「はい」

にっこり見上げると、高木先輩も笑ってくれた。

ほほ笑んでいるうちに、お互い目が離せなくなって、いつしか笑いをひっこめて見つめ合っていた。

「貴広」

抱きしめられるままに体を預け、高木先輩の広い胸にもたれた。

「先輩…」

会いたかったと言おうとして、それはキスにかき消された。

ひどく甘いキスが唇から首筋に移ったとき、はっと、高木先輩を押し返す。

「朝から練習だったから」

「いい、俺も同じだ」

「よくない」

きっぱり拒否すると、少し不服そうな顔をされたけれど、解放してくれた。

「シャワー浴びよう、それからならいいんだろ?」

少し強引に手をひかれ、風呂場に導かれる。

「たまには、一緒に入ってみるか?」

いたずらっぽい笑顔に、真っ赤になりながら首を振る。なおも何か言われないうちに脱衣所に飛びこみ、ドアを閉めてしまった。

熱を持っている体、暑さのせいばかりじゃないかもしれない。僕は、火照《ほて》った体を冷ますように水を浴びた。

シャワーを済まして出ていくと、高木先輩は電話中だった。僕は寝室のほうに行き、タンスから置いておいた自分の服を探し出した。シャツとジーンズに着替えて、となりの部屋に戻ると高木先輩はいなかった。かすかに聞こえてくるシャワーの音を聞きながら、ひんやりとした床に寝そべると、体が床に吸いこまれて行くようだった。

そういえば、昨夜はあまり眠れなかったんだっけ。

思い出したとたんに睡魔が襲ってきて、そのままひきこまれるように目を閉じた。

「貴広」

ぼんやりと目を開けると、目の前に高木先輩の顔があった。

「眠い？」

首を振ったとたんにあくびが出てしまう。高木先輩は笑いながら、僕の前髪をかき上げてくれた。

僕はなんとか体を起こし、壁にもたれる。すぐに壁からずり落ちてしまいそうになって、あわてて肩を支えられた。

「危ないなぁ、体が眠ってるな」

「……大丈夫」

「ベッド行くか？」

「行かない」

「こらっ、寝ぼけてるだろう？」

「起きてる」

「だめだ、眠ってる。しょうがないなぁ」

抱き上げられそうになるから、僕はいやだと高木先輩の腕を押しやる。

「起きてる、起きてる」

「わかった、起きてるんだな。どっちにしろベッドに行くのは同じなんだから暴れるなよ」

それもそうかと、ふにゃりと高木先輩の胸にもたれかかった。

「なんだ、甘えてるのか？　やっぱり寝ぼけてるんじゃないか。貴広はボケボケのときは別人かと思うくらいわがままになるな。でも、それもかわいい」

愛しそうに背中をさすられる。

「あんまり無防備にしてるなよ。襲っちゃうぞ、いいのか？」

こめかみや耳たぶ、首筋を次々についばまれて、あまりのくすぐったさに大笑いしてしまう。

「こりゃだめだ」

ため息まじりに言われるから、僕は必死に目を開こうとした。

「だめじゃない」

「馬鹿、白目になってるぞ」

もういいからと、手で目を覆われた。

朧《おぼろ》げながら意識があったのはここまでで、それからのことは糸が切れたように記憶がない。

つまり本格的に眠ってしまったのだった。


なんだか眩《まぶ》しかった。目を開けると、ブラインド越しにギラギラとした真夏の光線が顔に射しこんできていた。僕は大あくびをしながら体を起こす。よく寝たな、というのが初めの印象だった。

時計に目をやると九時だった。明るいってことは、朝の九時だ。その事実に驚いて僕はベッドを飛び出した。

となりの部屋にも、高木先輩はいなかった。もう出かけてしまったのかと、呆然《ぼうぜん》とする。

せっかく、久しぶりに会えたのに、まともに話もできなかった。僕が、十六時間も眠り続けたせいで。

しばらくがっかりしていたものの、いつまでもボケッとしていても仕方がないので、気を取り直して帰り支度を整えることにした。

顔を洗って、着替えて、荷物を持って玄関のドアを開けようとする。そのとき、向こうから勝手にドアが開かれた。ギョッとしていると、高木先輩が顔を出した。

「貴広、その荷物なんだ？　まさか帰るつもりじゃないよな？」

「だって、先輩、出かけたんじゃなかったんですか？」

「俺は、ロードワークに行ってただけだ」

「なんだ、…よかった」

思わず本音がこぼれる。

「俺のほうこそ。勘弁してくれ」

高木先輩はため息をついた。

「そうだ、そこの弁当屋で朝食買ってきたから食べよう。おまえ、昨日の夕飯も食べてないんだから腹へってるだろう」

そういえばと、僕は差し出されたビニール袋を受け取った。

「それにしてもよく眠ってたぞ」

向かい合って朝食を食べながら、感心したふうに言われる。

「すみません」

「いや、眠るのはいいんだけど…」

高木先輩は、いきなり、さもおかしそうに笑い出した。

「え？　何ですか？　どうして笑ってるんですか？　まさか僕、また寝ぼけて変なことしました？」

恐る恐るうかがう。

僕は、どうも寝ぼける癖があるらしくて、既に何度か失敗している。

「いや、たいしたことない」

たいしたことないってことは、少しは何かしたんだ。

「……僕、何しました？」

「貴広、どうやって着替えたのかも覚えてないんだろうなぁ」

そういえば、風呂上がりにジーンズに着替えたはずなのに、起きたらパジャマを穿《は》いていたけれど。

「僕、自分で着替えたんですよね？」

「どうだったかな」

僕はああー、と頭を抱《かか》えこみ、そのまま頭を下げた。

「どうも、お世話になりました」

「あっははは…、それほどでもないさ。貴広、ジーンズ苦しがったんだけど、そのくせ非協力的だったから、着替えさせるの苦労したってだけ」

「非協力的?」

「多少、いやがったくらいだ。『やーん』とか色っぽく」

真実を追及することもできず、もう絶対、高木先輩より先に寝ないようにしようと心に誓った。

「まあ、『やーん』は冗談にしても、なんか貴広、ホント色っぽくなったな」

「もうっ。やだな、先輩まで何言ってるんですか?」

なんでもなく答えたつもりだった。

「俺以外の誰に言われたんだ?」

鋭いつっこみを入れられて、はっと失言に気づく。

「今、僕そんなふうに言いました?」

「言った」

「じゃあ、言い間違いです」

取り繕ったものの、軽く受け流してはくれなさそうだった。

「誰に言われた?」

すっと目つきが変わり、もう口元も笑っていない。

そんな、問い詰めるみたいに言わなくたっていいのにと、ため息をつく。

「わかった」

ふいに腕をひっぱり上げられ、そのままとなりの寝室に強引に連れて行かれる。

「先輩っ」

「おまえが言わないからだろう。あとは体に聞くから」

冗談とも本気とも取れない言い方だったけれど、少し乱暴だった。

両手を一摑みにされ、ベッドに張りつけにされてしまう。

「ちょっと、痛っ。手、痛い」

こんなのあんまりだと、高木先輩を見つめる。

「暴れるからだ。おとなしくしてろ」

容赦のない言い方にビクッとする。

「い、いやだっ」

荒々しい気配がいやで、思いっきり抵抗した。けれど、本気で押さえこまれたら、僕は身動き一つできなかった。過去の経験から抵抗は意味がないとわかっている。それでも、ジタバタしてしまうのは、こわいからだ。

高木先輩の顔が近づいてきて、僕は首をねじる。

「貴広」

ぐいっとあごを捕まれ、ひき戻される。そうされると、至近距離の高木先輩をにらむくらいしかできなくなる。

「ひどいよ」

乱暴なのはいやだと、にらみながら訴える。

ともすると、情けなくしゃくり上げてしまいそうだったけれど、全身に力を入れて我慢した。

「貴広」

高木先輩は、はっとしたように、掴んでいた僕の両手首を離した。

「……悪かった。ちょっと頭に血が上って…」

乗られている体が重いと、手で追いやると、おずおずと体をずらされる。

解放されたとたん、僕は上体を起こし、無言でにらみながら、強く握られていた手首をさすっていた。

「あぁ、そんな目にいっぱい涙ためてにらむなよ。ごめん、俺が悪かった」

僕はもう一度恨み言を言おうとしたのだけれど、先に言われてしまう。

「許してくれよ。…俺が悪かったです。勘弁してください」

初めて聞いた丁寧語にびっくりした。

「頼むから、別れるって言うなよ。…その、貴広、大嫌いだって顔してるから」

「嫌いなのは、暴力です」

「ごめん」

「もう、あんなのはいやなんです」

初めてのときが、どんなにこわかったか。言わなくたって、わかってもらえているはずだったのに。

「わかってる。本当に悪かった」

「絶対しないって約束してください。じゃないと僕は…」

「絶対だ。約束する」

「ならいいんです」

「はぁー、よかった。貴広に嫌われたら、俺むちゃくちゃ困るんだ」

心底ほっとした顔をするから、僕も体の力を抜くと軽く笑った。

「笑ったな、どうせまた大袈裟だと思ってるんだろう？　でも俺は本気で言ってるんだぞ。さ
さいなことで、嫉妬《しっと》して狂いそうになるくらい、俺は貴広命なんだ」

大真面目《おおまじめ》に言うから、それこそ笑ってしまいそうになる。

「僕だって先輩のこと本気ですよ。そうじゃなければ、一年近くもつきあえないし…」

「つきあえないし、何？」

「なんでもないです」

微妙なところは聞かないで欲しい。僕は答えるつもりはなく、そっぽを向いた。

「それはないだろう。なぁ、貴広」

「先輩こそ、僕に何を言わせたいんですか？」

「いや、さっきの今だから、俺からはお願いしにくくて。だから、たまには貴広から誘ってもらえないかなぁって。場所が場所だし、我慢の限界を感じる」

急に甘やかになった気配にドキドキしながら、自分から仲直りのキスをすることにした。触れるだけのキスをして、すぐに離れる。体ごと離そうとしたのだけれど、いつの間にかしっかりと背中に腕がまわっていた。

「本格的なやつがいい」

リクエストをされる。

「…できません」

「いつもしてるだろう？」

それは高木先輩がしてくるからで、僕は……僕もしてるのかな。

ほらと、促《うなが》されるままにもう一度唇を重ねた。

おずおずと舌を出すと、もっとだと舌先をくすぐられる。それでもぐずぐずしていると、焦《じ》れたように吸い上げられた。熱い舌であちこちを探られ、搦《から》め捕《と》られる。

「ふ………」

熱烈なキスに、すぐに息が上がった。ストンと体の力が抜けると、一度胸に抱え直され、胸をつけたままベッドの中央に寝かされた。

開襟シャツはズボンの外に出しっ放しだったから、ボタンを外される間もなく、裾《すそ》から手が入りこんでくる。

「あっ……っ………」

まわり道せずに胸の感じてしまうところを摘まれ、二本の指でそっと揉《も》まれる。

「ん……ん……」

固く立ち上がるまで指で揉まれ、次第に強くなる刺激に耐えられなくて首を振る。

「……も……いい」

「始めたばかりで、もういいはないだろ。じゃあ、指はやめる」

そう顔を埋められる。乳首をなめられ軽く吸われると、僕は身も世もなく体をのけ反らせてしまった。

「貴広、久しぶりだから、感じてる？」

そんなことを言われても、答えられるはずがない。

「ああ、こっちも窮屈《きゅうくつ》そうだ。脱がすから少し腰上げろ」

確かめるようにズボンの前に手をあてられ、性急にズボンも下着も脱がされた。

「…んっ……」

剝《む》き出しになった僕自身を握りこまれ、強い刺激に目をつぶる。

すぐに限界がきてしまいそうだった。

「先走りしすぎるから、一回出そうか？」

「やだ」

そんなこと聞かないで欲しい。

「だって、もうもたないだろ」

先端を指でいじくられると、自然と腰が揺れた。

「出して欲しい？　ちゃんと言わないとしない」

本当に手を離されてしまい、あっと目を開ける。思わず目ですがっても、何もしてもらえない。

「そんな目で見てもだめだ」

「…先輩……」

僕は高木先輩の手を取ると、ぎゅっと目を閉じて、さわって欲しい所に導いた。

「素直だから許してやるか」

もうどうにかして欲しくて、ガクガクと首を縦に振る。

どうしようもなく高ぶっているものを、ようやく握られる。今度こそ確実に上下に動かされ、僕は追い上げられるままあっけなく果てていた。

髪を撫でられて、こめかみにキスをされて、まぶたに、頬にあごに、次々とキスの雨が降ってくる。喉を吸い上げられたときにはまた愛撫《あいぶ》にと変わっていた。

鎖骨のあたりをきつく吸われて、顔をしかめる。

「先輩、痛い」

聞こえているくせに、止めてくれない。僕は仕返しのつもりで、ずり下がって高木先輩の肩に噛《か》みついた。

「あっ、こらっ、やったな」

仕返しの仕返しだと、鎖骨を噛まれる。

「痛っ、そこ真面目に痛い」

「ああ、痛いか。ありゃりゃ、涙目になってる。ここは大丈夫だな」

そう、脇の下の柔らかいところを吸われる。唇は肋骨《ろっこつ》にそってついばみながら、下りて行った。くすぐったがったり、少しでも反応した場所は、念入りに吸ったりなめたりを繰り返される。そのうちに、体は再び熱がこもっていった。

「俺も我慢できなくなってきた」

緩《ゆる》やかな快感の波が行ったり来たりしていた中、後ろを探られる。

「ん……それ…」

ひきつるような感触に眉《まゆ》をひそめる。

「……それ、しないじゃだめですか?」

背中にしがみついて上に逃げ、指の侵入を阻《はば》もうとする。

「いやか?」

うかがうように、指を進めてくる。

「あっ、……明日、練習あるから」

「そうだな、無理はさせられないけど…」

確かめるように中を探られる。

「狭《せま》いな」

そう指を抜かれて、ほっとしたのもつかの間、頭上にあった枕を僕の腰の下に置かれる。

「え？　あっ、やだ…」

腰を高く上げさせられ、足を開かれるという、あられもない格好《かっこう》をさせられる。前も後ろの部分もあらわになってしまっていた。

「先輩、やだ」

「なめてほぐしたら、大丈夫だから」

おかまいなしに後ろに、口をつけられた。ぬるりとした熱いものを感じて、あまりの恥ずかしさにジタバタと暴れる。

「やっ」

「貴広、協力してくれないのか？」

たしなめられても、後ろをなめられるのに協力なんかできない。

「やだ、止めてください」

そんなことするくらいなら、痛くなってもよかった。

「だめだ、傷つけられない」

高木先輩はあっさり僕を押さえつけると、後ろに熱心に舌を這《は》わせ、奥へ奥へと入れようとする。

「あ……やっ…、や……や……おねが……」

僕の訴えはまったく聞き入れられず、行為は執拗《しつよう》に続いた。

指を伴いながらなめられ、指を出し入れされてはなめられる。

いやだ、熱い、体が変になる……。

「も……やぁっ……」

涙まじりの悲鳴を上げて、ようやくやめてもらえる。

「わかった、おしまいだ。泣かなくていい。もう入れても、大丈夫だと思うか？」

「…熱いよ……」

ガクガクとうなずきながら、手を伸ばす。高木先輩に抱きついていなければ、いやだった。

「入れるぞ」

後ろに先端を押し当てられたとたん、圧迫感に息を呑む。

「苦しいか？」

苦しいと言ったら、またあんなことをされてしまうと思って、夢中で首を振った。

「ゆっくりするから、力抜いて」

「う……んっ……」

まともにうなずけないまま、圧迫感が増していく。

「痛いか？」

「大…丈夫」

高木先輩が奥まで入ってきても、圧迫感はあるのに、痛みはあまり感じなかった。それより、熱い。

ゆっくりとした慎重な動きに熱が逃げてくれない。腰が揺れる。

僕が大丈夫と見て取ると、高木先輩はペースを作って動き出した。

「……ん……んっ………」

耐えきれないと、僕は体をのけ反らせた。

「ちょっと待て」

とたんに、動きが止まってしまう。

「やっ、せ……んぱ……」

「待ってくれてもいいだろ？　な？」

何度も、首を振る。

もう少しで達せそうなのに、高木先輩は動いてくれなかった。休憩を入れてタイミングを外すと、高木先輩はまた動き出した。最初はゆっくりと、次第に速く。

僕は知らずに夢中になって、呼吸を合わせていった。

「も、…だめ」

今度こそ応《こた》えるように、動きを速めてくれる。

「あ……あっ…ああっー」

噛み殺せない声を上げて、僕は高みに上っていく。

グッ、グッと腰を押しつけられ、僕が達したのとほとんど同時に中にほとばしりを感じたのだった。

「はっ、はぁっ、はぁっ」

僕は乱れた息を整えようとするけれど、高木先輩は、僕の前に指を絡めて、休ませてはくれなかった。

「こっちはさわってなかったのに、イッたな」

意図してさわられると、ビクンと体が跳《と》びはねてしまう。出て行かないままだった高木先輩が、一回り大きくなるのがわかった。

「……あっ……んっ…」

またすぐに動かれる。今度は前を触られながらだった。前も後ろも激しくされ、どうにかなってしまいそうだった。

速いリズムに合わせられない。とても、ついていけない。

意識を飛ばしてしまいそうになったとき、ふいに緩やかなリズムに変わった。俺に合わせろ、ついて来いとでも言われているようだった。

上から、汗が落ちてくる。僕も多分、同じくらい汗をかいてるんだろう。だってこんなに体が熱い。

「やっ、………あっ、ああー……、だって、息が…あっ、苦し」

必死に声を出しているはずなのに、自分の声がよく聞こえなかった。

突き上げられるたびに息が詰まって、このまま死んでしまうんじゃないかというような、ぎりぎりの感覚になる。頭が真っ白になって、何も考えられなくなっていく。

「あ、あ、あっー…」

自分の嬌声《きょうせい》をどこか遠くで聞きながら、僕はとうとつに意識をなくした。


ポタポタと体に水滴が落ちてくる。

雨が降っているのかと、ぼんやりと思う。

「貴広」

けだるさが心地よくて、僕は声を無視して目をつぶっていた。

「貴広」

もう一度呼ばれ、目を開ける。間近に高木先輩の顔があった。

ああ、そうだったと、状況を思い出す。すっかり、誰もいないところで一人まどろんでいるような気分になっていた。

見下ろしている高木先輩が、少し苦しそうに見えるのはなぜだろう。

「すごい汗、雨が降ってるのかと思った」

笑いかけると、高木先輩はほっとしたようにほほ笑み返してきた。

「大丈夫か?」

「明日が試合じゃなくてよかった」

僕は心の底からそう思った。

「体、痛めてないよな。無理な体勢は取らせなかったつもりだけど」

でも、すごかったから、きつかった。

体を重ねるごとに激しくなって、終わったあと大変なことになる気がするのは気のせいだろうか。

口にはできないことを考えていると、また指が後ろに入りこんでくるから、ギョッとする。

まだどこかぼんやりしていたのだけれど、そうされて、いっぺんに目が覚めてしまった。

「先輩っ」

「じっとしてろ。痛いか？」

「もうやだ。止めてください」

「こうすると、どうだ？」

　ぐりっと中で指をまわされる。

　ジンッと疼《うず》きを感じて、いやだと高木先輩の胸を押す。けれど、胸はびくともしなくて、指で中をいじられ続けた。

「やだってば、もう終わりにしましょう。これ以上できない」

「痛いかって聞いてる」

「…痛くない」

「みたいだな」

「でも、もう止めてください」

　身じろぎしたり、ずり上がったりして、どうにか指を抜いてもらう。そうして、僕は高木先輩から体を隠すようにタオルケットにくるまってしまった。

　長く続けられたら、きっと体が反応してしまう。もう、あんなハードなのはできそうもないのに。

「そんなのにくるまってたら暑いだろう」

　タオルケットをひっぱられそうになって、あわててひっぱり返す。

「いいんです。暑くないです」

本当は体が火照っていた。まだ余韻《よいん》が残っている。

「貴広、こっち来いよ」

「いやです」

「どうして」

「暑いから」

「おまえ、矛盾してるぞ」

「いいんです」

「クーラー強めたから、ほら」

さっさと、エアコンのリモコンを押している。

すぐにタオルケットを剝《は》がされそうになるのを、僕はさせまいとやっきになってくるまった。

高木先輩はもどかしそうにタオルケットの端を探していたのだけれど、しばらくするとあきらめたのか手を離した。

「みの虫め」

その言い方がおかしくて、思わず笑ってしまう。その一瞬の隙に高木先輩の手が滑りこんでくる。あっという間にタオルケットを取り上げられ、僕は抱えこまれた。

「ん……んっ……」

唇を吸われながら足の間に手を伸ばされると、すぐに濃密な空気に包まれ始める。

久しぶりの休日を、僕達はベッドの上でだけ過ごすことになった。


ハッハッという荒い呼吸が抑えられない。全身がだるく、意識は半ば飛んでいた。

「杉山先輩、遅れてますよ」

二年生の部員がおずおずと声をかけてくる。

僕ははっと、気を引きしめた。

練習前のランニングだけで、こんなに参ってしまうなんて、後輩に示しがつかないじゃないか。

それにしても、もう腕も足も動かしたくない。限界だと思ったとき、三十周のランニングが終了した。

立ったまま膝《ひざ》に手をあて、前屈《かが》みになりながら息を整える。体のできていない一年生さえ座りこんでいなかったから、僕が座るわけにいかなかった。

「貴広、きつそうだな」

茂章に小走りに近寄られ、声をかけられる。

「これっくらい……」

強がってみたけれど、バテているのは隠せなかった。

やっぱり、無茶だったよ。一日中なんて無理だって言ったのに、今朝方までベッドから出してもらえなかったから…。

「このあと、ポジションごとに分かれてやるけど、バックスのほう任せたぞ。特に、レギュラーの三人とベンチ入りしそうなやつ、ええと二年の本田《ほんだ》と三谷《みたに》、一年の原《はら》だな。あとは……貴広、聞いてんのか？」

「あ、ごめん。ええと、バックスの守備練習だっけ？」

「おいおい、頼むって。インハイは三日後なんだぞ。今年は守備力が頼りだろう？　つまり、後ろのおまえが頼りなんだぞ？」

ポンッと肩を叩かれる。

「わかってるよ」

得点王の高木先輩、アシスト王の上野《うえの》先輩が卒業した今、得点力は確実に落ちている。だからといって、G学院が弱くなったとは言わせない。それには守りが大事だってことは、わかりすぎるほどわかっている。

高木先輩達が作った常勝記録を、僕達の代で止めるわけにはいかないのだから。

「タイトル、取るよ」

全国優勝しか考えられないと、僕は茂章に告げる。

「取るぞ」

茂章も力強く宣言する。

互いにうなずき合い、フィールドへ向かって駆け出した。

僕達の最後の夏が始まるのだ。

その日、練習が終わったのは七時だった。部員が次々と部室へ引き上げて行く中、僕はいつものように一年生達のグラウンド整備に参加していた。

疲労でさすがに体が言うことをきかなくなってきて、今日は三年生らしく帰ってしまおうかと思っていたときだ。

「杉山先輩」

後ろから声をかけられ振り返る。森島が後ろに立っていた。

「何？」

一昨日《おととい》告白されたのを忘れたわけじゃないけれど、なるべく普通に答える。

「杉山先輩は雑用なんかしなくても…」

「これ体育倉庫に運んだら帰ろうと思ってたんだ」

「手伝います」

ボールの入ったかごを森島に前からひかれて、僕は後ろから形だけ押す格好になった。

「目の下、隈《くま》ができてますよ」

森島がちらっと振り返る。

「ああ、ちょっと寝不足でさ」

僕は、ガラガラという車輪の音に負けないように、大きな声で答えた。

「見るからにしんどそうだけど、体張って守ってて。杉山先輩そんなに体大きいわけじゃないのに、すごい根性あるんだって思った。だから、俺もぼけっとしてらんねぇ、点取りに行かなきゃなって思いましたよ」

さっきの紅白戦のことを言ってるのかと、僕は森島の話に合わせる。

「そうか。じゃあ、バテてたのも悪くなかったかな。僕は後ろから押し上げて点を取りに行くタイプじゃないから、フォワードや森島みたいな中盤のやつに点を取ってもらわないと」

冗談めかして言った。

「杉山先輩は、自分がどれくらいみんなのやる気を起こさせてるか知らないんだ。俺、尊敬してます」

僕はうっすらとほほ笑んだ。

「森島は…ほかの一年もそうだけど、昨年のすごい先輩達を間近で見たことないから。一昨日、顔を出してくれた高木先輩や上野先輩は、特にすごかったよ。鳥肌が立つプレーをバンバンしてくれるから、僕ら後輩は、毎日感動の連続だったんだ。想像できる？　練習中に震《ふる》えるくらい感動するんだ。……僕は、足元にも及ばないよ」

「だけど、俺達に必要なのは卒業した人じゃなくて、今いるあなたですよ」

森島が、体育倉庫の手前で振り返る。真剣なまなざしに、一瞬ひるんでしまう。

僕は、すぐになにげなさを装って、体育倉庫の両開きのドアを開けにまわりこんだ。

「嬉しいこと言ってくれるな。うん、そうだな、僕にできるだけのことはするつもり。さっきも茂章と話してたんだ、インハイは絶対優勝しようって。みんなで頑張ろうな」

森島を見ないようにして、話し続ける。

ガチャン、ガチャンとバレーボールやバスケットボールのかごを整理して、できたスペースに運んで来たかごを入れる。

「それじゃ、手伝ってくれてありがとう。お疲れさま」

踵《きびす》を返して出て行こうとしたそのとき、森島に低い声で呼びかけられる。

「杉山先輩」

「何？」

外は夕闇《ゆうやみ》に包まれつつあった。体育倉庫のドアは大きく開いていたけれど、中は薄暗がりになっていて、森島の微妙な表情まで見て取ることはできなかった。

森島は黙って一歩近づいてくる。

「何だろう？」

僕は静かに繰り返した。

沈黙が続き、空気が段々と張り詰めていくのがわかった。

「俺を見て欲しい」

「……………」

「あなたが好きだ」

「僕には応えられない」

「高木さんとつきあってるから？　二年の先輩から聞いたけど、そんなの関係ない。人のものだからって俺は手を引っこめませんよ。欲しいものは欲しがらなけりゃ手に入らないんだ」

森島はまた一歩近寄り、手を伸ばしてくる。

僕はその手をやんわりと、けれどきっぱりと退《しりぞ》けた。

「何を聞いたか知らないけれど、僕が応えられないのは、僕が森島を好きにならないからだ」

「そんなことわからない」

「わかるんだ」

話はおしまいだと、僕は半身翻《ひるがえ》ってドアに向かった。

けれど、歩けなかった。森島に後ろから抱きしめられていた。

「どうしてだめなんですか？　どうして俺じゃだめですか？」

「離せ」

「どうして？　何が違うっていうんだよっ」

森島の腕が、かすかに震えていた。

腕を解こうとしては、骨が軋《きし》むほど抱きしめられ、どのくらいそうしていただろう。何回目かの無言の争いのあと、僕は思いきり振り払い、外に出ようとドアに向かった。一歩踏み出したとき、彼は体をぶつけてきた。僕は踏みとどまれず、そのままつんのめるように床に転がった。

「痛っ」

打ってしまった膝や肘《ひじ》がカッと熱くなり、ジンジンと痛み出す。痛みに気をとられていると、肩に手をかけられ、ものすごい力で仰向きにさせられる。体重をかけて両肩を押さえつけられると、上体を起こすことはできなくなった。

「くっ……」

僕はギリギリと歯を食いしばりながら、摑まれた肩を揺らそうともがいた。それも無駄だとわかると、僕は森島の襟元《えりもと》を摑んだ。

「壊すつもりなのか？　こんなことして、全部壊すつもりなのか？」

森島がひるむのがわかった。瞳《ひとみ》にも動揺が見え隠れする。

「壊れるものなんてあるんですか？　俺と杉山先輩の間にそんなものがあるんですか？」

抑揚のない声で森島は言った。

「何もないのか?」

「先輩と後輩って、それだけだ」

自嘲《じちょう》の笑いを浮かべる森島は、痛々しいほどだった。組み敷かれているのは僕だったけれど、森島のほうが追いこまれているように見えた。

「仲間だろう? 仲間っていうのは味方のことだろう?」

森島は力なく首を振った。

「犠牲にしなけりゃ、手に入らないものもある」

「犯せば手に入るのか?」

「………」

「やってみなけりゃわからない? 馬鹿言うなよ。入らない。絶対にだ」

僕は正面きってにらみつけた。

「どけよ、そこをどけ」

森島はのろのろと肩に置いた手を離した。

僕は埃《ほこり》まみれの体を起こし、立ち上がった。

「………好きなんです」

森島の声は、小さく震えていた。

「応えられない」

同じ文句をきっぱりと告げる。

駆け出したいのを堪えながら、体育倉庫をあとにした。


教室でぼんやりしてしまったせいで、学校を出たのは八時近かった。警備の人に送り出され、校門の閉まる音を背後に聞く。最後の生徒だった。

重い足をのろのろと前に進める。路肩の電灯が眩しくて、アスファルトに目を落とす。スポーツバッグが肩に食いこんで痛かった。

「痛っ」

ぼうっと下を向いたまま歩いていたせいで、曲り角に停まっていた車にぶつかってしまう。

「停まってる車にぶつかるなよ」

車のドアが開いたかと思うと、苦笑まじりに言われる。

「……高木先輩？」

明日から名古屋《なごや》に遠征のはずなのに、どうして高木先輩がここにいるんだろう。

「おい、そんなに痛かったのか？」

「え？」

「だって、おまえ泣いてるぞ」

言われて頬に手をやる。濡れている感触に僕自身驚いた。

「膝か？　見せてみろ」

「大丈夫です」

「大丈夫じゃない。泣くほど痛むんだろ」

少し強引に車の中にひっぱりこまれる。車内ライトをつけると、僕のズボンを膝まで上げて、ケガの具合を調べてくれた。

「少し赤くなってるけど、大丈夫そうだぞ」

「だから大丈夫って」

「まだ痛いか？」

「もう痛くないです」

「だったら何で泣き止まないんだ？」

「さあ」

僕にだって泣いている理由はわからない。止まらないのだから仕方がなかった。

「貴広、漫才やってるんじゃないんだから」

「そうですね」

それきり沈黙する。

「とりあえず、出すか」

高木先輩はため息をついて、車を発進させた。

「監督にいじめられたのか？」

「まさか」

「誰かにいじめられたのか？」

「いじめられてませんよ。僕は意外と人気あるみたいですから」

冗談のつもりだったのに、大きくうなずかれてしまう。

「意外でもないさ。貴広はやることはきちっとやるし、面倒見がいい。百人近い部員全員の名前覚えて、一年にまでいちいち声かけるなんて、おまえくらいだ。茂章が助かってるって言ってたぞ」

「そんなことくらい」

「俺は貴広以外、面倒見なかったからな。貴広は俺と違って、別《わ》け隔《へだ》てなく面倒見てやってるから、下のやつに好かれるのは当然だろ。タメには一目置かれてるな。おまえ、ポジションにぴったりの性格だよ。フォワードみたいな花形じゃないけど、守りの要のセンターバック、陰《かげ》の実力者ってやつだな」

「褒《ほ》めすぎです」

「何かあったんだろ？　俺に言えないことか？　まさか昨日の……無理させたこと怒って、俺とのこと考え直そうとか、こわいこと言い出すんじゃないだろうな。好きなやつができたとか、それこそこわいこと言い出すなよ?」

僕はほんの少し笑って、首を振った。

「……あっ、逆に俺の女関係に気を揉んでるとか」

冗談めかして言われる。

「そんな人がいるんですか?」

「いるわけねぇだろ。なんなら証明してみせるけど」

「遠慮しときます」

僕は一瞬ひきつってしまった顔をごまかすように助手席のシートに深く座り直し、窓の外を眺めた。

高木先輩が好きだ。ほかの人を好きになるなんて、今の僕には考えられない。けれど、あのまま森島と関係することがあったとしたら、この気持ちは変わったんだろうか。かつて、高木先輩にそうされたときのように。

……馬鹿馬鹿しい。ありえない。

「冷房強いか?」

「え? いえ、そんなことないです」

無意識に自らを抱いていた両腕を解く。解いたものの、その手を持てあましてしばらくシャツを握りしめていた。

「高木先輩」

「何だ?」

「先輩……」

続きを待つように、じっと見つめられる。

僕は高木先輩が運転中だということを思い出し、あわてて前を指さした。

「名古屋、明日からいつまでですか?」

「来週の日曜には帰ってくるから、インハイの決勝は見に行けるぞ」

僕は、うなずきながら視線を外した。

また一週間、会えないのか。

「おまえ、疲れた顔してるな。少し、眠れ」

言われるまま、しばらく眠ろうと窓に頭をつける。けれど、少しも眠くならず家に着くまで無言で外の景色を見ていた。

「貴広、着いたぞ」

言われてはっとする。眠っていたわけじゃないけれど、ぼんやりして車が止まったことに気がつかなかった。

「本当に今日はおかしいな、どうしたんだ?」

「いえ……送ってくれて、どうもありがとう。それじゃ」

そう助手席のドアに手をかけたとき、腕を掴まれた。

「うち来るか？　今日も泊まっていくか？」

「え？　だって先輩、明日から…」

「このまま帰したら、それこそ心配で、名古屋までなんか行ってらんねーよ。明日は十時に家を出ればいいんだから、来るだろ？」

高木先輩は僕が答える前に車を出した。


高木先輩の部屋に入ったとたん、力が抜けた。ぼんやりと壁にもたれて座っていると、高木先輩にくしゃくしゃと頭をかきまわされる。

「まずは風呂、それから夕飯だな。シャワー浴びてこいよ」

僕はうなずき、言われた通りにした。

「貴広、出たのか？　出前取っておいたから食べろ。カツ丼にしたけどいいか？」

脱衣所で服を着ていると、薄く開いていたドアから、高木先輩が顔を覗かせた。

「着替えたら行きます」

顔だけ向けて返事をする。ふと、高木先輩の表情が変わった。

「貴広、それどうしたんだ?」

「それって?」

「その肩の痣《あざ》」

視線の先にある自分の肩口を見て、ぎくりとする。

体育倉庫で森島に押さえつけられた部分が、くっきりと手形になって赤く浮き上がっていた。

高木先輩は近づいてくると、僕の腕を摑み上半身裸の肩を間近で見た。

「そうとう強く摑まなきゃ、こんな痣できないぞ」

低くつぶやいている。

「ケンカでもしたのか? そんなはずないな。貴広、心当たりは?」

とっさに言葉が出ず、うつむく。

「言えないようなことなのか?」

僕は、首を振り否定を示した。

「言っておくけど、俺はつけてないぞ」

おかしな言い方をされ、はっと見上げる。

何か言おうと思うのだけれど、口を開いては閉じるという動作を繰り返すばかりになった。

整理しよう、落ち着こう、あったことを話せばいい。決して誤解を招くようなことではないのだから。

記憶を反芻《はんすう》し、森島の顔がちらついた途端に、ぼたぼたっと涙が落ちた。

「なっ、別に責めてるわけじゃないって。俺の言い方が悪かったのか？」

「ちがっ、もり……しっ……森島に……」

「森島にされたのか？」

激したように言われる。

一度うなずき、ああ違うと首を振る。

「何だ？　どう違う？」

「森島が好きなのか？」

「……好…き………」

「違うっ。……もりっ…しま」

「森島はわかったから、何が違う？」

「僕のこと……好き…だっ……て」

「ああ、好きだって言われたんだな」

コクコクとうなずく。

「それで？」

「それで………」

体育倉庫での出来事を思い浮かべると、また涙がどっと溢れた。

「あー、まいったな。少し落ち着け」

抱えこんで、背中を叩いてくれる。

高木先輩に大丈夫だと慰められたけれど、そうされるとよけいに涙が止まらなくなった。胸にしがみついたまましゃくり上げ、高木先輩のシャツをぐしょぐしょにしてしまった。

「すみません」

どのくらいたったのか、僕は自分から体を離した。

「いいから、なんか着ろ」

高木先輩は、着替えの途中だった僕にシャツを着せてくれる。そのまま腕をひっぱられるようにして、居間の食卓についた。

「喉渇いてるはずだぞ。ほらっ、そんなふうに見てないで呑んでみろ」

差し出されたグラスを受け取ったものの、呑む気になれず、僕は薄茶色の液体をじっと見ていた。

「壊れちまったんじゃないだろーな」

ため息をつかれ、グラスを取り上げられる。そのまま高木先輩は自分でぐっと呷《あお》った。ぼんやりと見ていると、上向かされ、すばやく口移しに水を呑まされた。

「うっ……ん」

こくりと液体が喉を通った。

「喉渇いてたの思い出したか？　自分で飲めるな？」

僕はグラスを受け取ると、今度は自分で飲んだ。

「大丈夫だな？」

まだ少し心配そうに覗きこまれる。

「はい」

「腹もへってるはずだぞ。少し冷めたけど食おう」

僕は言われるまま、黙々とカツ丼を食べる。験《げん》をかついだせっかくの御馳走《ごちそう》だけれど、あまり味はしなかった。

「それで…」

僕が箸《はし》を置くのを確認してから、高木先輩が尋ねてくる。

「…森島に好きだって言われて、そこまで聞いたな。それでどうしたんだ？」

「もう、いいんです」

「よくねーよ。気になる」

「たいしたことじゃないんです。たいしたことじゃなかったのに、泣くなんておかしいけれど…」

僕はぼんやりと首をかしげながら、少しずつ話し始めた。

一年生の森島に、特別な意味で好意を持たれていたこと。合宿で一緒に過ごす時間が増えたせいか、一昨日告白されていたこと。そのとき、高木先輩とつきあっていると、茂章が言ってくれたこと。そういう経緯があって、今日、体育倉庫で押し倒されてしまったこと。

森島に体当たりで転がされ、そのときに肩を摑まれた。もちろん、振り切って彼を退けたことまで話す。

「この肩の痣は、そのときできたんだと思います」

淡々と話したつもりだったけれど、最後には拳《こぶし》を握りしめていた。

「えらいぞ」

高木先輩は最後まで聞いて、ほっとしたように笑った。

「乱暴なことされて、よく突っぱねられたな。貴広は、その手のことは特にだめなはずなのに、よくやった」

高木先輩は僕の頭をぐりぐりとかきまわした。

「えらくなんかないんです。森島を傷つけるようなことも言いました」

「変に期待させるよりいいじゃないか。それに、貴広が言ったことは間違いじゃないんだろう?」

「僕は森島とどうにかなろうなんて、少しも思いません。でも、本当は森島のことはかわいいと思ってた」

「かわいい?」

心配そうに、じっと見つめられる。

「一年はみんなかわいい。今年は、本当に一年が残らなかったんです。僕達三年に余裕がなかったから。

サッカーが好きで入部してきた一年が、練習の厳しさに大勢退部して行くのを、僕は見送ることしかできなかったけれど、せめて残った一年はかわいがって、気持ちを伝えていきたいと思ってた。ふがいないのは退部する人じゃなくて、僕ら三年だって。わかっていても勝ちが譲れないけれど、僕らもまたサッカーが好きで集まった仲間なんだって」

「俺はおまえ達の代になって、うちの学校はすごくなったと思ったぞ。練習量の多さもそうだけど、何より勝つことに全員がひたむきになってるところがすごい。単発じゃなく、ずっと勝っていけるチームを作ってるなって。ああ、こうやって伝統を作っていくんだって教えられた気がする。貴広達は、よくやってる」

練習後のグラウンドで、一年生と過ごした時間は無駄ではなかったのだと、勇気づけられた気がする。

僕は、泣きたいような気持ちで高木先輩を見つめた。

この人は、いつも僕を見つめてくれている。

それでも、悲しい気分になるのはどうしてだろう。

「こんな個人的なトラブルを起こさなければ、高木先輩が言ってくれたこと、すごく自信にな

った と思います」

人を好きになることが、人を傷つけることになるのは、どうしてなんだろう。

僕を取り巻くすべてを大切にしたいけれど、高木先輩と特別な意味でつきあうことで、手放さなければならないものが増える気がしていた。

これからも、この道を進んで行けるのかと、ふっと不安になる。

「悲しそうな顔しないでくれよ。複雑な気分になるだろ」

僕の沈んでしまう気持ちを察したように、優しく笑って、頭を撫でてくれた。

「とりあえず、俺はポジションキープってとこか」

言われた意味がわからず、首をかしげる。一瞬後、僕は、ごく小さく笑った。

「エースストライカーは、あなたしかいないですよ」

「いや、貴広に関しては辛勝が多い」

「勝つことに意義があるんでしょう?」

高木先輩はニッと笑った。

小さく笑い返しながら、少し苦しいくらいに好きになってしまったと感じていた。

一生に一度の恋になるのかもしれない、そんな予感がした。

夜半過ぎにベッドに入って、横になるなり猛烈に眠くなってきた。睡眠不足で炎天下で練習をして、それに加えて、森島とトラブルまで起こした。

いろいろあったけれど、何もかも吐き出して、少し気持ちが落ち着いていた。

僕と高木先輩との間に何かあったわけではなかったし、波風が立ったわけでもなかったから、気持ちの整理がつけば過去の一つだと思える。簡単ではないけど、結局は割りきれてしまえる。僕の森島への思いはその程度でしかない。

今となっては、感情的になって泣いた自分が恥ずかしかった。どうして、僕はこの人を前にすると脆《もろ》くなってしまうのだろう。

顔を見るなり泣いたのは失態だった。言えないけれど、高木先輩の顔を見たら、安心して甘えたくなったのだと思う。

普段から甘やかされているから、条件反射かもしれない。僕が寝苦しくないよう、そっと抱えてくれている人にもたれながら、僕は糸が切れたように眠りについた。

間もなくして、ふと目が覚める。カーテン越しに見える空は濃紺で、明ける気配はなかった。体はだるかったし、頭では眠りたいと思っているのに、どこか冴えてしまってうまく眠れない感じだった。

そうっと高木先輩の腕を外し、寝返りを打つ。

「…うん、貴広?」

「ちょっと暑くて」

小さい声で言った。

「冷房の温度設定、低くするか？」

「大丈夫」

「そうか」

僕は何度か眠ろうとして果たせず、またよけいなことを考えてしまいそうになった。ため息の数が多くなる。

「眠れないのか？」

暗がりでささやかれる。

「それじゃ、眠れることとしよう」

腕一本でひき寄せられる。

「それは遠慮します」

「眠れないつらさは、俺も春に経験したから知ってるんだ。大丈夫、俺に任せろ」

背後から腕がまわり、パジャマの中に手が忍びこんでくる。

高木先輩は寝起きだろうに、この元気さはなんだろう。

「本当に、本当に遠慮します」

腕を摑んで、いたずらな手を止めようとするけれど、止まるどころか、かなりみだらに胸をまさぐられてしまう。

「貴広は目つぶって、羊でも数えてればいい」

「そんな体力残ってな……んっ」

もう一方の手がズボンの中に入りこみ、僕自身をきゅっと握られる。

「一匹、二匹、数えてるか？」

高木先輩は百匹まで数えるようにと、できないことを耳元でささやく。

かなり長いこと「眠れること」をして、僕は終わりも気づかずに眠ってしまった。

訪れた眠りは今度こそ深く、体と心、両方の回復を促すものだった。

覚えてる限りで最後にしたキスがとても甘かった。


チアホンの音が高まっていく。スタンドの歓声は最高潮に達していた。

インターハイ決勝。

国立競技場の芝に僕は立っていた。

高校サッカー規定の四十分ハーフ。電光掲示板の時計は、すでに後半の四十分も刻んでいた。

あとはわずかなロスタイムを残すのみだ。

1—0の優勢。

ラストプレーになるのは、相手のコーナーキック。相手の最後の攻撃を守りきれれば、僕達の優勝が決まる。

コーナーからゴール前にボールが蹴られる。低い弾道に合わせようと、狙《ねら》いすました足が何本も交差した。相手の9番の足にヒットし、シュートが放たれる。シュートコースにかろうじて団子状態で体を入れていた僕らのうちの誰かに当たった。

よし、これを、このこぼれたボールを前方に蹴り出せば…。

僕が蹴り上げたボールは、途方もなく遠くまで飛んでいった。

試合終了を告げる長い笛がフィールドに響き渡ると、僕らG学院側のスタンドから大歓声が沸き起こった。

僕は真っ先にスタンドに目を向けて、最前列の高木先輩の元へ走って行った。

飛び降りて来た高木先輩に、走りこんで抱きつく。

「やった、勝ったよ！」

「よくやった」

高木先輩は僕を力強く抱きしめて、どさくさまぎれに、耳元にキスまでくれる。

最高に熱かった。

頭上では太陽がギラギラと輝いていた。

最後の夏は鮮やかな彩りを残して過ぎていくのだ。

僕は何もかもを目に焼きつけようと、あたりを見まわした。そうしてもう一度、高木先輩に視線を移す。

もちろん、目の前の彼の笑顔が、とっておきに違いなかった。

このときの高木先輩とのツーショットが新聞を飾って、大変なことになるのは、もう少し先のことだった。

残照

思い出すたびやるせなく僕の胸を痛ませるのは、灼熱《しゃくねつ》の太陽が身も心も焼き尽くした、あの狂おしかった日々の残り火なのだろうか。

一枚の写真。切り取った新聞記事。

黄ばんだ紙を見るたびに思い出す。褐色の色紙はかつて青い空と、金色に輝く太陽を写していた。

通りすぎた季節は夏。とても熱くて、めまいがしそうだった。

◆◇◆◇◆

サッカーをする高校生が一度は夢見る国立《こくりつ》競技場《きょうぎじょう》。僕はその芝の上でボールを蹴《け》った。東《とう》京《きょうと》都開催のインターハイを優勝で飾り天国の気分を味わっていたのもつかの間、翌日には真っ逆さまに地獄へ突き落とされることになる。

最後の夏だった。しかも、サッカー名門校の三年生には勝つことが義務づけられていた。プレッシャーの中で戦って、優勝することができたのだから、少しくらい羽目《はめ》を外してもいいはずだと思ってしまった。

悪い誘惑が僕を駆り立て、あのスキャンダラスな事態を引き起こしてしまうことになった。


試合後の祝勝会は、当日の夜、市ケ谷《いちがや》にある小規模だけれど品のいいホテルで行われた。立食形式のパーティーには、学校関係者、後援会、ＯＢ等合わせて四百名近くが出席していた。

Ｇ学院はサッカーを除いても名門校として知られていて、優勝祝いをしようものなら盛大なものを望む親達が多い。この夏の一番暑い盛りに夏用ブレザーを着こみ、ネクタイをきっちり結んだ部員達は、それなりに育ちのよさがうかがえた。

年配の出席者に交じって、昨年の卒業生、上野《うえの》先輩と高木《たかぎ》先輩の顔もあった。昨年度はこの二人が、公式戦負けなしという常勝記録を作り、高校サッカー史にＧ学院の名を刻みこんだ。おかげで、今年は激しいマークとプレッシャーを受けることになったのだけど、彼らがえらい先輩であることに違いはなかった。

「貴広《たかひろ》、茂章《しげあき》、おめでとう。この次は高円宮杯《たかまどのみや》だな」

上野先輩が当然というように、次も勝てと言う。

今日、やっとの思いで勝てたというのに、余韻《よいん》を味わわせてもくれないんだろうか。

僕はとなりにいる今年の部長、内藤《ないとう》茂章と顔を見合わせた。

「なんだ、ずいぶん弱気だな。大丈夫だって、おまえら、いっぱい練習してるみたいだし」

「練習していれば勝てるっていうのなら、全国中のチームが優勝してしまいます。上野先輩こそ、インカレはどうなりました？」

僕は課せられた常勝のプレッシャーをやりすごそうと、別の話をふった。

上野先輩はJリーグのチームからのスカウトをあっさりと蹴って、大学に進学した。もう少し大学のクラブでキャリアを積んでからという決断らしい。

「相変わらず貴広は、痛い所つくなぁ。…そりゃあ高木と組んでたころとは勝手が違うさ。優勝できなかったの、もう知ってるんだろ？」

「決勝戦、惜しかったですね。上野先輩くらいになっても、優勝するのは大変なことなんですね」

いじめられっぱなしなのは悔しかったから、ささやかに逆襲する。

僕の憎まれ口に、上野先輩は今度こそ大笑いして、僕と茂章をまるごと抱きしめた。

「そうだな、優勝なんて大変なことだ。おまえ達、よくやった。たいしたもんだ。ホント嬉しいな」

僕達は抱きしめられて、おとなしくなった。僕も茂章も感動していた。勝ったことはもちろんだけど、昨年の先輩に頑張りが認められたのが嬉しかった。

今年は突出した力のある選手はいなかったから、叩《たた》き上げて作ったいまどき流行《はや》らないチームで、それでも僕達には誇りだった。茂章はキャプテンをしているから、重責はかなりのものだったのだろう。日頃の陽気さはどこへいったのか、目を潤ませている。僕と目が合うと、照れくさそうに目元を拭《ぬぐ》った。

茂章、ようやく一つ肩の荷が下りたな。

アイコンタクトで、僕と茂章はうなずき合った。

「おい、上野。何、泣かせてんだ?」

ふいに、三人の抱擁《ほうよう》が強引に解かれ、僕は腕をひっぱられた。

「高木か。貴広は泣かせてないんだから、いいだろ?」

割って入って来た侵入者に、上野先輩は意味ありげな視線を送った。

現れたのは高木勇一郎《ゆういちろう》先輩。身長が高く、胸板が厚いから、ラフに着たスーツがよく似合っている。とても昨年まで同じ制服を着ていたとは思えない落ち着きがある。上野先輩はまだ学生のせいか、そんなには差を感じないのに、高木先輩はもう大人の顔つきをしている。

「馬鹿言え、さわるのも気に入らないんだ」

高木先輩は、本気とも冗談ともつかない言い方をして、上野先輩の爆笑を引き起こした。

「まったくおまえは相変わらずだな。わかった、わかった。お邪魔虫は退散するさ」

上野先輩は笑いながら、茂章を連れて行こうとする。

「あっ、上野先輩。二次会連れてってください」

　僕は上野先輩を行かせまいと、声をかけた。

「かわいい後輩が頑張ったんだから、いいでしょう？」

　となりの高木先輩にも、内輪で祝勝会をやりたいと見上げる。もちろん、飲み物はジュース以外がよかった。

「ん、まあ、そうだな。上野、連れてってやるか？」

　高木先輩はすぐに了承してくれる。

「ああ、高木がいいって言うもんを、俺がだめだって言うわけにいかないさ」

　上野先輩は大袈裟《おおげさ》に肩をすくませながらも、請け負ってくれた。

「じゃあ、決まり。おごりですよね？」

　僕は返事を聞く前に茂章を連れて、広い会場を歩き出した。少し遅れて、後ろから先輩達がついて来る。

「おいおい、貴広、強引なやつだな。いくらなんでも、先輩達に向かって、あんな言い方しちゃマズイだろ？　俺、怒らせんのやだ、こえーよ」

　茂章は声をひそめている。

「だって、僕達が今年こんなに苦戦してる責任の一部はあの人達にあるんだから、少しくらいわがまま聞いてもらってもいいと思わないか？　大丈夫、心配しなくても先輩達だって、ここじゃ呑《の》めないんだ。つまらなかったに決まってる。振り返ってみなって、絶対楽しそうに、どこに行こうかって相談してるから」

茂章は恐る恐る振り返って、「ホントだ、笑ってる」と納得していた。

「貴広って、たまにこえーよ。ああ、そういえば、貴広はあの二人を土下座させちゃったこともあったんだっけ。あのときは、すっげーハラハラしたなぁ」

「大昔の話、するな」

僕は冗談じゃないと、にらんでやる。

二人の先輩にグラウンドで土下座されたとき、僕はハラハラなんてもんじゃなくて、心臓が止まりそうになっていたのだから。

「おーこわっ」

茂章は、肩をすくめた。

そんなふうにじゃれ合いながら僕達が会場を出ようとすると、部員達がわらわらと集まって来た。

「先輩方、もう帰るんですか？　あー、どっか行くんだ。部長と貴広だけ連れてくのズッケーっす」

道をふさがれ、口々にひいきだと騒ぎだされてしまう。

「シーッ、わかった、おまえ達も連れてってやるから、うるさくするな」

上野先輩が自分の後ろを歩くように親指で指示する。

そうしてホテルを抜けるころには、総勢が九人になっていた。

ガタイがいい集団だから、かなり目立つのだけれど、大学生の体育会に見えないこともないのか、外で呑むことができた。

本当のところは、高木先輩達のもっとずっと上のＯＢが、経営している店を貸し切りにしてくれたのだった。ともかく、神楽坂《かぐらざか》のバーでの二次会は盛り上がった。楽しすぎて、少し呑みすぎてしまうくらいに。

「貴広、大丈夫か？」

店を出るなり、高木先輩に様子をうかがわれる。

大丈夫だと、ニコッと見上げた。

少しふらふらするけれど、このくらいがちょうど気持ちよかった。

「車、市ケ谷の駅の近くに置いてきたけど、歩けるか？」

「はい、ゆっくりでもいいなら」

「歩くと、酔いが回るかもしれないけど、まあ、そのときはおぶってやるか」

高木先輩はなんだか楽しげに言うと、ゆったりとした歩調で歩きだした。

とたんに、後ろからブーイングが飛ぶ。

「貴広だけ送って行くんすかー？　俺らはー？」

「おまえらは勝手について来たんだから、酔っ払ったやつはタクシーでもなんでも拾って帰れ」

高木先輩は、しっしっと追いやってしまう。

「やらしー、先輩のエッチー。貴広連れ帰って何するつもりぃー?」

「バカヤロ、まだ騒ぎ足りないか。おらおら、てめーらは俺がまとめて送ってやる」

すかさず上野先輩が、ゴンゴンと一発ずつゲンコツを入れた。

殴《なぐ》られたやつも、そうじゃないやつも、ワァーッと大袈裟に逃げまわって、そのまま集団は遠く離れて行った。ふと、十メートルも行ったころか、くるりと集団が振り返った。

「せんぱいー、今日はありがとうございました。御馳走《ごちそう》さまでしたー。失礼しまーす」

深々と礼をしたかと思うと、大手を振っている。礼儀をわきまえているのか、いないのか微妙なところだ。

「ああ、お疲れさん。気をつけて帰れよ! 制服なんだから、うろちょろして捕まるんじゃねーぞ!」

高木先輩は、手を振り返して見送っている。

「さてと、帰るか」

僕に向き直った人は、穏やかに笑った。

「はい」

僕達は外堀沿いを、肩を並べてゆっくりと歩いて行った。

「よく呑んだな、うまかったか？」

自分のネクタイを緩《ゆる》めると、僕の襟元《えりもと》もくつろげてくれる。

「おいしかったです。先輩はあまり呑んでませんでしたね」

「おまえ、早いピッチで呑んでただろ。潰《つぶ》れたら介抱するつもりでいた」

僕はふいに思い出して、笑った。

「なんだ？」

「ははっ、そんなに酔っ払ってなかったんですよ」

「あんなに絡んでおいて、酔っ払ってないって？　上野と俺のせいで大変だったって、二十回は聞いたぞ。とんだトラだと思ったけど？」

それは、本当のことだからと、僕はうっすらと笑って続けた。

「青柳《あおやぎ》さんがね、最後のほうはウーロンハイとかいいながら、ただのウーロン茶出してきたんです」

店のバーテンの名前は、青柳さんと言った。ウーロン茶を出されたのは僕だけじゃなさそうだったから、全員無事に家まで帰れそうだ。

「へぇ、知らなかった」

「おかげで、こうやって歩いてられるのかな。ちょっと地面が揺れてるけど」

「おい、おい」

「大丈夫、気分いいから」

僕は立ち止まって伸びをして、空気を胸一杯に吸いこんだ。高木先輩も足を止める。

となりから見つめられている気配を感じ、上向く。

僕達は真っ暗な夜道で、忍ぶようにキスを交わした。

「甘い」

僕は笑って身を離すと、熱帯夜の微風に吹かれて行った。

市ケ谷までの道のりを、浮かれた足取りで歩いて行った。

「どこへ行こうか?」

車に乗りこんだ高木先輩に尋《たず》ねられる。

「帰りますよ」

「残念」

短く言うと、高木先輩は車を発進させた。

「僕の台詞《せりふ》ですよ。あなたが明日休みだったら、ね」

「まだ、酔ってるのか?」

「うん、いい気分。ふわふわしてて、雲の上にいるみたい。勝つのっていいですね」

「そうだな」

「僕は、自分でも変だと思うけど、今やっと実感してきたみたいです。勝ったんだな、一つ終わったんだなって。達成感っていうのかな、とてもいい感じ」

「勝利者の言葉だ」

「先輩はいつもこんな気分でいるんだ？　正直羨《うらや》ましいかも」

「勝った日はだな。負ける日もある」

「ごくまれにね」

「だといいな。だけど、一喜一憂はしなくなった」

「プロの言葉ですね」

僕は目を細め、薄く笑った。

先を行く人が、いつも少し眩《まぶ》しい。

「おい、燃えつき現象じゃないだろうな。昔のサッカー選手は、ほとんどが高校まででやめてったけど、今は違うんだぜ。その先にJリーグがあって、海外へ出る道だってある。ワールドカップ。世界に向かってる」

僕は高木先輩の言葉を、彼の夢として、楽しみに聞いていた。

「先輩はどこが好きです？　ブラジル、イタリア、スペイン、ドイツ、それともイギリス？　行くんでしょう？」

「ああ」

「僕にとって、高校サッカーの頂点に立てたことは、奇跡みたいにすごいことです。決して後ろ向きじゃないつもりだけれど…」

僕はここまでだと思います。

言葉は呑みこんだ。

疾走し続けている人には、もの足りないかもしれない。

高木先輩は黙っていた。

夜の街を車は走り抜けて行く。イルミネーションが遠ざかる。

僕は振り返って、どんどん小さくなる灯を見つめていた。

そうして、目をつぶって思い出してみる。こんな人工的な明かりの比ではない、今日の太陽は何もかも射抜くように眩しかった。

いつの間にかうとうとした僕は、夢の中、フィールドの芝の上で、勝利を告げる笛を何度も何度も聞いていた。


一夜明け、けたたましいチャイムの音で起こされた。

「……誰だよ。母さんっ、誰か来てるよ！」

眠りからひき戻されたのが悔しくて叫んだものの、寝穢《いぎたな》くもう一度タオルケットをかぶった。

頭までかぶってから、お気に入りの僕のタオルケットの感触と違うことに気づく。

あれ、ここ、どこだ？

インターハイの激戦で疲れの残る体を起こし、あたりを見まわす。

高木先輩のマンションだ！

昨夜の、車に乗ってからの記憶をたどろうとするのだけれど、まったく思い出せなかった。

タオルケットの中を覗《のぞ》くと、僕は何も着ていなくて、素肌に虫に刺されたような痕《あと》が点々とあった。覚えがなくても容易に想像できる顚末《てんまつ》に、やられたと頭を抱《かか》えた。

送り狼《おおかみ》！

僕がベッドであれこれ考えている間も、チャイムは鳴り続けていた。

うなりながらベッドを降り、クローゼットから服を取り出した。シャツを着ながら、玄関に出る。あとで、インターホンを取らなかったことを悔やむのだけれど、このときの僕は起きがけで、まだ半分寝ぼけていた。

「こんにちは、Yスポーツの斉藤《さいとう》です。高木さん、日本代表おめでとうございます」

「Tスポの道永《みちなが》です。高木くん、おめでとう。代表入りだね」

ドアを開けるか開けないかのところで、矢継《やつ》ぎ早《ばや》に言われ、ポカンとした。

「あれ？　高木さんのお宅ですよね？」

言われて、大きくうなずいた僕も間が抜けている。

「高木勇一郎選手はご在宅ですか？」

「ええと、今はいません」

「どちらに？」

次々と尋ねられるけれど、どこに行ったのか、知りたいのは僕のほうだった。

「あっ！　君、昨日インターハイで優勝したG学院高校の、ええと、そうだ杉山《すぎやま》くんでしょう？」

どうして僕なんかの名前まで知っているのかと、ギョッとしていると続いた。

「今日のうちの裏面トップ見てくれた？　優勝記事のやつ」

「い、いえ、まだ…」

さすがに起きたばかりだからとは、続けられない。ちらっと確認した時計の針は、昼の十二時をまわっていた。

「だったら、ダブルでおめでとう！」

何がなんだかわからないまでも、ありがとうございますと笑みがちに答えてみる。

「それで、高木選手のコメントと写真をもらいたいんだけど、連絡取れるかな？」

これは困ったと思っているところに、記者達の後方に高木先輩の姿が見えた。

「先輩」

助けを求める。

「どうも。なんですか?」

高木先輩は、記者達をかきわけて、僕を背中に隠すように立ってくれた。

とたん、さっき僕が言われたのと同じおめでとうラッシュが高木先輩に浴びせられた。

「ああ、それ候補に上がったっていうやつでしょう?」

高木先輩は僕と違って、落ち着いた様子で、矢継ぎ早の質問に答え出す。

「あれ? 確定したと情報が入りましたよ。是非、喜びのコメントを明日のサッカー欄に載せたいと…」

「いえ、正式発表までですから」

「決まるといいですね、そうすると今チームの最年少代表だ」

「まあ、わかりませんから」

「じゃあ、候補ということでもいいですから、コメントを一言」

「そうですね、代表入りは目標の一つですから、入れたら嬉しいですね。まだわからないけれど、フィールドでは自分の仕事をきっちりやりますよ」

「仕事というのは、点を取るという意味ですよね?」

「もちろん、フォワードですから」

「期待してます。それでは写真を一枚」

「写真はちょっと。まだ決まってないんですよ」

高木先輩は笑って取り合わないけれど、記者達は、持ち前の押しの強さで、フラッシュを浴びせた。

「いいのかなぁ。発表前に情報漏《も》らしたとかって、俺、ペナルティーにならないかな。みなさん、そこらへん、ちゃんと濁してくださいよ」

「わかってますって。まあ、候補って感じで書いときますから」

僕は後ろで強い光に日をしばたきながら、高木先輩の広い背中をしみじみと見つめる。

この人が躍進するのはこれからなんだ。もっと遠くまで、どこまでも行く人なんだ。僕の手が届くところにいるのは、あとほんの少しの間なのかもしれない。

「それじゃあ、午後から練習なので、このへんで」

高木先輩は挨拶《あいさつ》をして、僕を促《うなが》しながらすばやく部屋の中へと入った。

「聞いてないですよ」

ドアを閉めたとたん、僕は高木先輩を軽くにらんだ。

そんなすごい話は初耳だ。

「そりゃ、言ってないからな」

高木先輩は、ちっともこたえた様子もなく、笑っているだけ。

「日本代表ですか?」

「いや、ホント決まってないんだ。代表監督から、うちのチームの監督に、俺を入れるかもしれないって、内々の話はあったみたいだけどさ。はっきり決まってたら、俺のことだから貴広には言ってるだろ?」

そうなのかなと、僕はちょっと首をかしげた。

「でも、決まるといいですね。あっ、それじゃ、やっぱりコメントとか控えなきゃいけない立場ですよね。僕、ドア開けちゃいけなかったんだ」

「そんなのいいさ。ここじゃなくても、どうせ、どっか外で捕まることになったんだから。それより、何時だ? ああ、そろそろ出ないと、貴広を送ってく時間がなくなる。支度できてるか?」

腕時計を見ながら、尋ねられる。

「じゃあ、先輩こそ支度してください。僕は電車で帰れますから」

「電車に乗れるのか? 昨日、体だるいって、何回も言ってたじゃないか」

僕は言った覚えがないと首をひねった。

「少しは疲れが残ってるけど、そんなの大丈夫ですよ」

「一緒に出よう」

大丈夫だと言ったのだけれど、あわただしく車に乗せられていた。

車中では代表の話をわくわくしながら聞いた。何か肝心なことを言い忘れている気もしたのだけれど、終始聞き役にまわった。

家まで送ってもらうと、母さんが玄関先で掃除をしているところに出くわしてしまう。

「貴広、あなた連絡もしないで」

車から降りたとたん、駆け寄られる。小言が始まってしまうと思いきや、運転席に高木先輩の顔を見つけると、母さんは喜々として車の中に顔を突っこんだ。

「高木くん、いつも貴広がお宅にうかがってご迷惑でしょう？　すみませんね」

「いえ、そんなことないです。こちらこそ、昨日は連絡もせずにご心配おかけしました」

「あら、あら、高木くんのおうちなら心配ないんですよ。そうだわ、少し上がっていって。お話しましょうよ」

「何悠長なこと言ってんだよ。先輩は今から練習だから、そんな時間ないって」

「また、寄らせてもらいます」

ニコニコと婉曲《えんきょく》に断っている高木先輩に、母さんはなかなかひかなかった。

「そう？　残念だわ。あっ、それなら貴広、何か書くもの持って来て。あなたのボールもよ」

「なんだよ、それ」

「だって、高木くんたら、最近ちっともうちに寄ってくれないんですもん。貴広はいくら言ってももらってきてくれないし、こういう機会にサインをね」

僕はがっくりと肩を落とした。そうだった。うちの母さんは結構ミーハーなのだった。

「馬鹿っ、そんな時間ないってば」

「そんなこと言わないで。ね、ね、高木くん、ちょっとだけだから」

高木先輩は、とうとう母さんに捕まってしまった。

「貴広、いいよ。少しなら時間ある」

「でも…。だって、書いてもらうのに、あんなぼろぼろのボールじゃ、先輩に失礼だよ」

僕は母さんに向かって言う。

「そんなことないわ！　待ってね！　すぐに戻ってくるから、帰らないでね！」

母さんは、業を煮やしたのか、叫びながら走って家に入って行った。

僕はあぜんと見送っていたのだけれど、はっと、車の中の高木先輩を覗きこんだ。

「すみません」

「貴広に似てるな」

ぼそりと言われる。

「どこが！」

心外だと、思わずくってかかる。

「瞳《ひとみ》が澄んだ綺麗《きれい》な色をしてるのと、おちゃめなところ。貴広が入部したばっかりのころは、あんなだったぞ」

ウソだ、ウソだ。瞳は生まれつきだとしても、おちゃめって……。

そんなふうに思われていたのかと、赤面した。

それから、母さんは電光石火の速さで戻ってきて、僕の練習用のボールにサインを書いてもらい、ほくほく顔で高木先輩の車を見送ったのだった。

「母さん！」

「あら、貴広何怒ってるの？　新しいボールなら買ってあげるわよ」

「あのねぇ」

この人に似ていると言われても、少しも嬉しくないんだけど。

家に入ってからも、しばらくプリプリしていると、逆に母さんのお叱《しか》りが飛んだ。

「いつまでもゆっくりしてないで、あなたは今日も部活なんでしょう？　さっさと行きなさい」

夏休みといっても、今年は休みは数えるほどしかなかった。学校のグラウンドや試合会場を往復する生活をしていたから、母さんもサッカー部員は、年中無休があたりまえだと思っているらしく、まるで僕が怠け者でもあるかのようにねめつけた。

「昨日、やっと大会が終わったところなんだけどな」

今日くらいはゆっくり休みたいと、言ってみる。

「サッカー部の練習、お休みなの？」

「練習自体が休みってわけじゃないけど…」

学校のグラウンドでは、いつものように午後から練習が始まっているだろう。ただし、練習メニューは、一、二年生中心に組まれている。僕らレギュラーはそろそろ夏休みをもらってもいいころだと、ゆうべ茂章と話していたところだった。

「はっきりしないのね。部活、あるのないの？」

「あるよ」

「だったら、早く支度しなさい」

一気に形勢逆転で、追い立てられるように昼食を食べさせられた。

大会の疲れが残っていないかといえば、それはさすがに連戦だったせいもあって、あちこちがだるかったけれど、勝利の余韻だと思えば、けだるさも心地よいものだった。

今日くらいは休もうと思ってみたものの、どうせやることもないのならと、やっぱり部活に顔でも出そうと準備を始める。

高円宮杯も早々に控えているし、軽く調整しておくのもいい。…実際は高木先輩もいないし、つまらないなというのが本音。

部屋に上がって、制服に着替えていると、高木先輩に言い忘れていたことを思い出した。

寝こみを襲うのは反則だ！

恨み事を言えなかったのを悔しく思いながら、あの人がおかまいなしなのはいつものことで、気を緩めた僕が悪いとあきらめた。

それにしても、今日は人前で着替えができない。うっかり忘れないよう、頭に強くインプットする。

バッグにTシャツと短パン、タオルを入れる。定期と財布を用意して準備完了。支度を終えてみて、サッカー馬鹿だとつくづく思う。休んでもいい日に、グラウンドへ行くなんて。

「貴広」

「何？」

玄関で靴を履きながら、母さんを振り返る。

「今日の新聞に、昨日の試合のこと出てたわよ」

「へぇ」

「見て行く？」

「うーん、いいや。電車ちょうどいいのがあるからあとにする。あ、でも、見たいから持っていく」

僕は新聞を受け取った。

Yスポーツだから一面は巨人戦。ああ、巨人勝ったのか。

無造作に新聞をバッグに入れて、家を出た。

グラウンドに顔を出してみると、部員達は猛暑にもめげず練習に励んでいた。フィールドの外には茂章の姿があって、にんまりしてしまった。

「茂章、休みたかったんじゃなかったのか?」

僕の声は耳に届かなかったようで、熱心に何やら話している。

「茂章?」

後ろからもう一度呼びかける。

「おっ、おうっ! 貴広」

茂章は、ギョッとした顔で振り返った。となりで一緒に話していた須田《すだ》の顔には明らかに『マズイ』と書いてある。

「貴広も休まなかったのか。昨日、試合に出たメンバーほとんど来てるぜ」

茂章が取り繕うように笑った。

「なんだよ、なんか変だな。僕の話?」

「え、別に」

須田は言葉を濁した。

「仲間外れにするのか? まあいいや、とりあえず着替えて来ようっと」

僕はわざとしょんぼりして背を向ける。思った通り、茂章に呼び戻された。

「なあ、貴広は、今日の新聞見たのか?」

「新聞? ああ、まだだけど、Yスポーツなら家から持って来た。親が僕らのこと書いてあるからって」

「それ、Yスポーツは見ないほうがいい」

茂章が妙なことを言い出す。

「なんで?」

「なんでも」

「なんだよ、変なやつ。僕らのこと書いてあるんだろう。見るに決まってるじゃないか」

「『僕ら』は『僕ら』だな、俺らのことは書いてくれてるんだけど、また別の意味の『僕ら』のことも書いてあってさ」

「何言ってんの?」

言っている意味が全然わからないと、僕は首をかしげた。

「だからな、優勝のことは書いてくれてるんだけど…」

「好意的じゃないのか?」

「うーん、好意的ではあるんだけど…」

「もう、いいよ。見たほうが早そうだ」

僕は焦《じ》れったくなって、バッグから新聞を取り出した。

ええと、一面は巨人。高校サッカーは七面くらいかな。

「そこじゃない」

茂章に新聞をひっくり返されて、僕は言葉を失った。

裏面トップに『僕ら』が写っていた。

そうか、高木先輩のマンションで記者の人が言ってたのはこれか。やばい、変なこと言わなかったよな……。

適当に受け答えしたことに、いまさらながら青ざめる。

決して小さくないショット。しかもカラーで僕と高木先輩が写っていた。

「よりによって……」

よりによって、こんなツーショットを載《の》せることないのに。

高校サッカーのインターハイの記事が裏面トップを飾ることは快挙に近い。それは喜ばしいことだとしても、何もこんな……。

僕は陸に上がった魚のように、口をパクパクさせた。

「あ、でもよく撮れてるよな。俺が写ってないのはちょっとむかつくけど、その点差し引いてもまずまずじゃん？　いいこと書いてくれてあるんだしさ」

僕の動揺を須田がフォローするように、おどけて言った。

黙りこんでしまった僕に、茂章もフォロー態勢に入ってくる。

「貴広は写真写りいいから、俺らも鼻高々だ」

須田と茂章が一生懸命フォローしてくれたけれど、僕の耳には半分も入ってこなかった。

見出しを見ただけでも、卒倒しそうだ。

『G学院、インターハイを制す!』

うん、ここまではいいよ、問題は次だ。

『Jリーガーの高木、後輩に祝福のキッス!』

見ようによっては……いや、無駄だ。弁解するのはかなり苦しいキスシーンのショット。

急転直下。頭がくらくらする。

僕は新聞をにらみながら、自分の浅はかさを呪《のろ》っていた。

しかも、これには後日談まであった。

翌日のYスポーツには高木先輩の日本代表入りが載った。そこにもしっかり、僕の顔が高木先輩の後ろに写っていた。

二日連続だと、茂章達にも同情はしてもらえなくて、祝勝会の二次会のあと、高木先輩の家に泊まったこともばれてしまった。部活のみんなに散々冷かされるというおまけがついて、以後、僕はまったく立場なんかなくなった。


インターハイから一週間。夏休みも後半だというのに、相変わらず僕は連日部活に出ていた。いつものように練習を終え、みんなと一緒に電車で帰宅していたときだった。

ふっと視線を感じ、あたりを見まわす。

壮年のやせぎすの男と目が合い、怪訝《けげん》に思って首をかしげる。あまり感じのよくないその男に見覚えがあった。昨日も一昨日も同じ電車に乗っている。練習が終わる時間はまちまちだから、ただの偶然にしてはおかしい気がした。

「おい、貴広聞いてんのか?」

ドア側にいる茂章に、正面から小突かれる。

「あ、ごめん。なんだっけ?」

「ボケんなよ。高木先輩、マジで日本代表だってか?」

「さあ、知らない。聞いてない」

「ふーん、そっか」

茂章につまらなそうな顔をされてしまったけれど、まだ遠征から帰って来てないし、実際に聞いていないのだから答えようがなかった。

「あ、僕この駅だから。それじゃ、また明日」

僕は一人で電車を降りた。

ホームではわざとゆっくり歩いて、人波に追い越されるのを待った。改札を抜けながら、さっきの男がいないのを確認してほっとする。新聞に顔が載ったせいで自意識過剰になっているだけだろうか。

　高木先輩に聞けば、さっきの男が記者かどうか判断してもらえるだろうけれど、これくらいのことで遠征先のホテルまで電話するのは気がひけた。昨日もらった電話でも、忙しいようなことを言っていたし。

　高木先輩は、今が一番スケジュールが厳しいらしかった。地方から地方へ、東京には戻る間もないほど遠征が続いている。だから、三日に一度のペースでかけてきてくれる電話が、僕達のささやかな逢瀬《おうせ》だった。

『貴広、元気か？』

『はい。高木先輩は？』

　元気だという言葉を聞いたら、ちょっと気になる記者ふうの男のことを、話してみようかと思っていた。

『俺、ちょっと調子悪くて』

　意外な答えに僕はとまどった。

『え？　どうしたんですか？　夏風邪でも引いたとか？』

『そういうんじゃないんだけど、シュートが入らないんだよなぁ。ゴールポストに当たったり、左右にそれたり、なんでだろ。ゴール前のシュート外すなんて、今まで考えられなかったのに。……あー、やめやめ。愚痴っぽくなりそうだ』

『先輩？』

根気よく尋ねてみると、どうも遠征に出てから思うようなサッカーができていないらしかった。

『先輩、元気出して。病気やケガじゃないなら、こっちに戻って来れば、また調子が上がりますよ。東京にはいつ帰って来れるんですか？　二十八日？　うん、大丈夫空いてます。先に行っててていいですね？　はい、待ってます』

二十八日にマンションで会う約束をする。電話を切る前に、いつものように何かあったら連絡しろと言われ、うなずいた。

『それじゃ、長距離だから。はい、二十八日に。おやすみなさい』

僕の話は会ったときにしようと、とりあえず電話を切ったのだったけれど……。

僕は夕暮れを過ぎた町を歩きながら、いきなりのように街灯が灯《とも》ったのに一瞬身をすくめた。

こんなにビクビクしながら帰る羽目になるなら、昨日、話してみればよかった。

駅からの帰り道、アスファルトに伸びる影が一つなのを心細く感じて、家へ急いだ。

二十八日、夜になって帰って来た高木先輩は、ひどく疲れているようだった。先に合鍵《あいかぎ》で入ってマンションで待っていた僕は、ドアを開けて出迎えた。

「貴広」

ドアを閉める間もなく、ひき寄せられるようにして抱きしめられる。

強く抱きしめられているのに、どうしてかすがりつかれているような感覚を覚える。

調子が悪いと聞いていたけれど、こんなに参っているなんて、電話の声だけじゃわからなかった。

「お帰りなさい」

僕はなるべく明るく言い、部屋の中へ促した。

「ご飯、食べてきた?」

見上げて尋ねる。

「おまえは?」

「僕は部活の帰りに、茂章達と食べて来たから。先輩は?」

「新幹線《しんかんせん》の冷たい弁当」

「かわいそう」

思わず手を伸ばして、高木先輩の頭を撫《な》でる。

ふっと笑われ、その手を握られた。

「慰めて欲しいんだけど、いいか?」

「いいですよ」

できることなら、なんでもしてあげたいと、慰め役をひき受けることにした。

かり言う。

「貴広、もっと」

軽く腰を振って促される。

これ以上は無理だと首を振りながら、僕はさっそく後悔していた。

僕だって、元気のない高木先輩を慰めてあげたいと思ってる。即効性の元気の素が僕の体だと言われてしまえば、なんとか応《こた》えよう、と思えるくらいには経験してきた。……だけど、この人ってば、わざと元気のないふりをしたんじゃないかと、勘ぐりたくなるくらい意地悪ばっかり言う。

仰向けの高木先輩の体にまたがっているのだけだって恥ずかしいのに、これ以上どうしろって言うんだろう。

自分の重みで苦しいくらい深くつながってしまうのを躊躇《ちゅうちょ》していると、いたずらに長引いてしまい、別の意味で苦しくなっていた。

高木先輩はほとんど動いてくれず、ときおり僕の胸や前をいたずらするだけ。

与えられるささいな刺激に感じて、すぐに動きが止まってしまうのはどうしようもなかった。

「貴広」

「……な、に？」

「もっと激しく」

「馬鹿！」

ベッドの隅に追いやられていたタオルケットを高木先輩の顔に投げつける。うまい具合にそれが高木先輩の顔を覆ったのを見て、いいことを思いつく。

高木先輩がタオルケットをどけられないように、彼の手を握りしめ、ベッドに張りつけにした。

体勢は苦しいけど、見られているより、ずっといい。

これ以上長引かせたくなかった。うねるような快感の波を自分のペースで大きくしようと、見られていないのをいいことに自ら腰を上下に動かしていった。

ときおり激しさを促すように腰を揺らされ、下から突き上げられ、そのうちに動いているのか動かされているのかわからなくなる。僕は荒れ狂う波に身を任せ、最後には溺《おぼ》れた。

ぐったりと胸に倒れこんで、荒い呼吸を鎮めていると、高木先輩にキュッと手を握り返される。縛《いまし》めるつもりで握っていたはずが、指が絡み合うやり方は、いかにも親密な意味合いにすり替わっていた。

「押さえつけられてるのって、こんな気分なんだな。知らなかった」

ニッと笑われる。

いつの間にどけたのか、顔を覆っていたはずのタオルケットもなくなっている。

「下にいると、どうにでもしちゃって、って感じだな」

高木先輩はおちゃらけて、楽しそうだ。

内容はともかく、上機嫌な声に僕はほっとした。

もう、なんでもいい。高木先輩の気分が晴れたなら、よかった。

「貴広、もう一回またがれよ」

「えっ」

あんなこと、またしなきゃいけないのかと、恨みがましく見つめる。

「気が済むまで、慰めてくれるって言ったよな?」

気が済むまでなんて、言った覚えはない。ないけれど…しぶしぶ体を起こし、高木先輩の体をまたいだ。

「今度は逆向き」

「え? 逆って?」

言われた意味がわからないでいると、腰を摑《つか》まれ、逆向きに、つまり顔のほうへまたがる格《かっ》好《こう》にさせられた。

「なめてやるよ」

「なっ……、いいっ、そんなのいい」

「しゃがむなよ、膝《ひざ》で支えてろ」

「先輩、やだっ」

がっちりと腰を掴まれ、逃げられないよう固定される。

「今日は、いやいやって、しないはずだろ？　それに、俺だってして欲しい」

下を向くと、また元気になってる高木先輩のそれが目の前にある。

そういうこと、か。

僕は、ええいと、今日何度目かの決心をして、彼のものに顔を近づけていく。

けれどすぐに、なめるより、なめられる時間が長くなった。腕にも足にも力が入らなくなって、しゃがみこんでしまいそうになる。顔の上になんかしゃがめないから、離してもらおうと、ガクガクする膝に力を入れて、腰を上げようとする。

「なあ、俺、お留守にされてるんだけど……」

たしなめられて、はっと戻るんだけど、やっぱり長くは続けられない。

この体勢は上にいるほうはあまり感じちゃいけないみたいだった。だけど丹念になめ上げられて、感じずにいられるわけがない。

結局、一方的に苦しい体勢で追い上げられて、狂態を演じるだけになった。

かろうじて顔の上にしゃがみこんでしまうのをさけて、ベッドに転がる。

「……ごめ…なさい、できなかった」

シーツに顔を埋めながら、全然だめだったと謝る。

「かわいかった」

覆いかぶさるようにして抱きしめられ、耳元に恥ずかしい言葉を吹きこまれる。

僕は真っ赤になりながら、首を振った。

「そんな悪いと思うなら、そうだな……」

高木先輩のニヤついた顔に、今度は何をさせられるのかとギクッとする。

すぐにあきらめにも似た気分になり、次の言葉を待つことにした。

そうして、次の日、僕は足腰が立たなくなり、高木先輩は異様に元気になった。

高木先輩が元気になったのなら、それでいいのだけれど。


最後の夏は試合ばかりしていた。九月に入ってからも僕達の夏は終わらなかった。一番の山場だったインターハイを越えても、タイトルのかかった大きな試合があった。

高円宮杯。

昨年度のこの大会のタイトルを持つ僕達G学院は、シードを受けて二回戦から出場した。

僕は勝つことだけを、必死に考えた。公式試合に出るときは、学校から公休がもらえるから、今まで以上に必死になった。学校に行きたくなかった。

嬉しいはずの表彰式で、優勝の金メダルを首にかけてもらいながら、そっとため息をついてしまう。

実はまた写真を撮られて、記事にされてしまった。インターハイのときの、僕と高木先輩のキスシーンが、何でもないことのように思えるような記事だ。前のはれっきとした優勝記事だったけれど、今度のは違った。

三文週刊誌に僕と高木先輩の写真が載り、同性愛の関係にあると記事にされた。いわゆるすっぱ抜かれたという、スキャンダル記事。

八月二十八日の、高木先輩のマンションでの写真だ。

遠征から帰って来た高木先輩を出迎えたとき、確かに僕達は玄関先、ドアの前で抱き合った。そのときのツーショットを写真で撮られていた。

最近、つけ回されている気はしていた。心当たりがありながら、未然に防げなかった自分を責めてみても、後の祭りだった。

高木先輩には気にするなと言われた。

インハイの優勝記事も、三文週刊誌の下品な記事もささいなことなのだからと。だけど、僕にはどうしても、ささいなこととは思えなかったから、言い争いになってしまった。

オープンな彼と閉鎖的な僕は、前から意見の食い違いはあったのだけど、それが爆発してしまった感じだ。

前評判通り日本代表に選ばれたのに、笑って送り出すどころか、つきあいが始まって以来の大《おお》ゲンカをしたまま、彼をアジア大会が開催される中東《ちゅうとう》へ向かわせてしまった。

胸にかけてもらった金メダルは、キラキラと輝いていたけれど、今の僕には眩しすぎる気がして、すぐに外してしまった。


新学期が始まってから一週間遅れで登校してみると、危ぶんでいたような好奇の目がないのにほっとする。と言うより、みんな他人の僕にかまっている暇はなさそうだった。あちらこちらで参考書や赤本が開かれるという、受験一色の教室の雰囲気《ふんいき》に救われた感があった。

僕は付属大学の推薦枠に引っかかっているから、ほとんど受験勉強は必要ないのだけれど、あまりのんきに構えていいはずもなかった。さしあたり、休んでいた分の授業がどのくらい進んでいるか確認しようと、村瀬《むらせ》を捜す。

村瀬は、高校から入学してきた僕に最初に声をかけてくれた友達で、僕は今でもそのことを少し感謝している。高校から入ると外部生と呼ばれ、悪くすると転校生みたいな扱いを受けることがある。内部生の村瀬と友達になれたことで、僕はすんなりと学校に馴染《なじ》めたものだった。以来三年間同じクラスで、僕にとって部活以外の仲間では一番に信頼できる友達だった。

「おはよう、村瀬、久しぶり。この一週間で、かなり授業進んじゃった?」

僕は窓際の席で談笑している村瀬に話しかけた。

「杉山、久しぶり。夏の間に二回全国優勝したってな、やるなぁサッカー部は」

「うん、まあ。よかったよ」

「あっ、俺新聞見たぜ。けっこうよく撮れてたな」

横から口を挟《はさ》んだ山内《やまうち》に、一瞬ギクリとする。すぐに『新聞』と言われたことに気づき、少しだけ肩の力を抜く。新聞の写真はかなりキツいショットだけれど、内容は優勝記事だからご愛嬌《あいきょう》でごまかせないこともなかった。

「……どうも」

「なんだよ、反応悪いぞ。せっかく優勝祝ってやってんだから、もっと喜びやがれ」

山内にヘッドロックを仕掛けられ、首を絞め上げられる。

「わっ、苦しいっ、山内。わかったって。ありがとう、ありがとうってば」

「ったく、わかればいいんだ。優勝なんてスッゲーことしたのに、シラけてんじゃないぞ」

村瀬にまで頭をボンボン叩かれるという手荒い祝福を受ける。僕はほうほうの体《てい》でヘッドロックを外し、二人から逃げ出した。

なおも追いすがられ、背中に覆いかぶさるようにジャンプされる。二人を背負えるはずもなく、僕達三人は、ガタガタッと机を巻きこみながら床に倒れこんでしまった。

「いってー」

「痛たたっ」

「痛いなぁ、もう」

村瀬、山内、僕は同時に言いながら、ゲラゲラ笑った。

「早く、どいてくれよ。下になってて僕が一番痛いんだから」

二人を押しやるように、起き上がったときだった。

「まったく、低俗なやつらだ」

後方から棘《とげ》を含んだ冷たい声がして、教室が一瞬静まり返った。

「なんだ？　牧口《まきぐち》、もう一回言ってみろ」

村瀬が、声の主にくってかかる。険悪な目つきに、僕はとっさに村瀬を止めた。

「村瀬、やめなって。僕達が悪かったんだから」

「へぇ、さすが、この時期に部活に出ているやつは余裕だ」

今度はあからさまに僕に向けられた厭味《いやみ》だった。

本当のところは、三年生でもサッカー部のレギュラーが部活に出ていることは、別におかしいことではない。冬の選手権に出るために、正月まで続けることは、高校サッカーでは常識だ。大学を一般受験する生徒の非常識であるとしても。

「……村瀬、片づけよう」

僕は聞き流して、机を片づけ始めた。

「余裕がないのは勉強サボッた自分のせいなのに、八つ当たりはやめろよな」

村瀬は聞き流せなかったらしく、応酬した。

「何？」

牧口が立ち上がった。

「国立狙《ねら》ってる割に、肝が小さいって言ったんだ」

村瀬が一歩前に出る。やる気だった。

「村瀬、よそう。な？」

僕はあわてて村瀬の脇《わき》に立って、なだめるように笑って見せる。

後ろ暗いところがないわけじゃなかったから、ことを荒立てたくない気持ちも強い。けれど、僕の思惑《おもわく》は、あっさりと牧口に見破られた。

「杉山、男子校で愛想振り撒《ま》いて、今度は誰をたらしこむつも…」

最後まで言わせず、村瀬は牧口に摑みかかった。

「今度はって、なんだ？　え？」

「G学院、インターハイを制す。Jリーガーの高木、後輩に祝福のキッス」

牧口はすらすらと、インハイ優勝記事の見出しを口にした。

「それから、週刊誌にもエグい写真載ってたな。あれってどう見ても杉山じゃん」

ヒクッと顔がひきつってしまう。

週刊誌には玄関前で抱き合っていたところを撮られた。横からのアングルでは僕の顔ははっきりと写らなかったけれど、知り合いならば僕だとわかるものだった。

「ああいうのって、ホント困るんだよな。同じ学校ってだけで、俺まで変な目で見られる」

言い終わるや否や、村瀬は牧口を殴りつけた。

村瀬はお坊っちゃんらしい甘い顔つきを崩し、すごい勢いで何度も殴っている。

牧口の歯が飛ぶのを見て、僕ははっと二人の間に飛びこんでいく。

組み合っているのを離させようとして、振り払われる。目の前に星が飛んだと思ったら、思いきりどっちかの肘《ひじ》が頰骨《ほおぼね》にあたった。

ケンカの仲裁は割に合わないものだと言うけれど、こういう羽目になるせいなのか。

僕は割と、冷静だった。自分より早く、感情を剝《む》き出しにされたせいかもしれない。

「やめろよ、やめろって…」

僕は今度こそ渾身《こんしん》の力で間に割って入った。一応運動部なのだから、止められると思ったのだけれど、二人の腕が同時に顔と頭に降って来たから、たまらなかった。

サッカーのヘディングミスのときみたいに、気が遠くなる。

「こらっ、授業だぞ。何やってんだ！　席に着け！」

先生の怒鳴り声に、僕は意識を取り戻した。

「ケンカか？　血の気の多いクラスだな。首謀者はどっちだ？」

先生は村瀬と牧口に近づいて行く。

「すみません、僕です」

よろめきながら立ち上がった。原因はやっぱり僕だろう。

「なんだ、杉山なのか？　ふっかけたやつが一番ぼろぼろになってるのか」

あきれたふうに言われる。

「保健委員、杉山を保健室に連れて行ってやれ。そっちの二人も水でもかぶって頭冷して来い」

村瀬と牧口はしぶしぶ教室を出て行く。

僕は保健委員に支えられながら、ふらふらとあとに続く。

「あとで職員室だぞ」

背中からの先生の言葉にうなずいて、僕は教室をあとにした。


授業終了のチャイムの音で目覚めた僕は、保健室のベッドを降り、職員室に向かう。

職員室の入口で、ばったり村瀬と牧口と会ってしまい、ばつの悪い思いをしながらも、三人で先生に頭を下げたのだった。

「おい、牧口、待てよ。杉山にさっきの言葉撤回してから行け」

職員室を出るなりさっさと歩きだした牧口を、村瀬が呼び止めようとする。

「さっきの言葉？」

牧口が振り返る。

また、おかしな雰囲気になってくるから、僕は軽くため息をついた。

「村瀬、蒸し返すなよ」

「何言ってんだ、おまえが誤解を解かないから、いつまでもくだらないこと言われるんだぞ」

「誤解じゃなければ、解けないだろうよ」

ふん、と牧口の横槍《よこやり》が入る。

「なんだとっ」

「村瀬、よせって。いいんだ。僕はどうとってもらってもかまわないんだ」

最後のほうは、二人に向かって言った。

「…けど、牧口くらい頭のいいやつが、人のこと干渉するなんて意外だよ。例えば、僕が牧口が思っている通りだとして、気に入らないなら無視すればいい。ここで言い合うのは牧口にとって時間の無駄じゃないのか?」

牧口はじっと僕を観察していたかと思うと、軽くうなずいた。

彼なりの譲歩だとほっとしたとたん、言い放たれる。

「確かに時間の無駄だ。ホモ野郎なんかと口きいてる暇なかった」

くるりと背中を向けられ、僕はうなだれた。ここまであからさまに差別されたのは初めてだった。

「杉山、もう止めるなよ」

となりから低くつぶやかれ、はっと顔を上げる。村瀬は怒りで顔を真っ赤にさせていた。

「馬鹿、よせっ」

飛びかからんばかりの村瀬を、体を入れ替え必死になってブロックした。

「離せ！　あんなこと言わせておいて、おまえは悔しくないのかよ！」

「村瀬、落ち着けって。揉《も》め事は起こすなって、先生に言われたばかりじゃないか」

「関係ない！　友達を馬鹿にされて黙ってられるか！」

ああ、僕のために闘ってくれようとする友達が何人いるだろう。なのに、友情に報いるどころか、村瀬を長いこと欺《あざむ》いて、裏切り続けて…。

「村瀬は本当にいいやつだよ」

「なんだよ……、何とぼけたこと言ってんだよ」

思いがけなかったのか、気をそがれたとでもいうように脱力している。

「高木先輩とのことは、彼が在学中もいろいろ噂《うわさ》立ったけど、村瀬はさりげなくフォローしてくれてて、ありがたかったんだ」

「んなの、あたりまえだろーが。なんだ、いまさら」

「うん、いまさらどうして言うのかって、自分でも思う。村瀬には言わずに済ませて、卒業まで普通に友達してってもらおうって思ってた」

今の今まで、誰にも言うつもりはなかった。どんなに勘ぐられようが、見え透いていようが、僕の口から明らかにすることは絶対にないと思っていた。

「杉山?」

探るように瞳の奥を見つめられ、僕はすっと息を吸った。

「僕、高木先輩とつきあってる。牧口の言うこと本当のことだから、村瀬にかばってもらう資格なかったんだ」

一呼吸に言ったあと、深くうつむいた。顔を見る勇気がなかった。

「なんだそれ………」

それきり、村瀬は黙ってしまった。

長すぎる沈黙に、友達が一人減ったことを知る。

「今まで嘘《うそ》ついてて、ごめん」

こうなることは想像の範囲だったけれど、たまらなくなって僕は走りだした。

一人減り、また一人減り。いつかまわりに誰もいなくなったとして、僕は耐えられるのだろうか。

考えただけで、ぞっとする。

一年前、難しい選択をしてしまったことはわかってた。だけど、こんなにも苦しいなんて。

これがささいなことだなんて、僕にはとても思えそうにない。

あの人を選ぶと、決めたはずの覚悟が揺らいでいた。


その日の放課後、グラウンドに向かう途中で茂章と出くわした。

「なんだ貴広、ひどい顔だな。ケンカでもしたのか?」

時間がたつにつれ、赤くなって少し腫《は》れてきた頰を指し示される。

「まあね」

「どうした?」

「たいしたことじゃないよ」

顔のケガなんか本当にたいしたことはない。むしろ、気持ちのほうが沈没しそうで危険な感じだ。

「ふうん、この顔見たら、高木先輩嘆くだろうな」

「それはないよ。先輩とは、とうぶん会うつもりないから」

とっさに口走ってしまい、しまったと思う。

「高木先輩ともケンカしたのか?　めずらしぃー」

口笛を吹いて、冷やかされる。

「ケンカくらいするよ」

「あれだけべったりしてて、何言ってんだか。まあ、たまには新鮮でいいか」

　面白そうに笑われてしまう。

「それにしても、貴広はしばらく風当たり強くて大変だよなぁ。顔の痣《あざ》も、そうなんだろ？心配してた通りっていうか。…でもまあ、こういう話題は広まるのも早いけど、消えるのも早いからさ」

　ポンポンと肩を叩かれる。

「なんなら、しばらくはうちの部員とだけつるんでれば？　俺なんか特に頼りになるだろ？」

「馬鹿、誰が…」

　軽く笑い飛ばそうとして、失敗した。うまく切り返せずに、ただうなずくだけになってしまう。

「さぁーて、サッカー、サッカー。楽しくサッカー。一対一やろうぜ」

　僕は茂章に肩を組まれるようにして、フィールドに入った。

「杉山先輩、俺と組んでください」

　茂章と一対一の練習を始めるなり、一年生の森島《もりしま》に割って入られる。

「だめですか？」

　じっと見つめられ、固まってしまう。僕はこの後輩の目つきが苦手だった。

「ダメだダメだ。貴広と組んでいる俺があぶれるだろ」

茂章に助け船を出される。

「フォワードの三年は、ディフェンダーの後輩を見てあげたほうがいいんじゃないですか？」

もっともな指摘に、反論の余地はない。

やれやれと、茂章は近くの二年生を呼んで、相手をさせた。

「杉山先輩、俺のこと避けてますね」

森島にボールを手渡される。僕は距離を取るつもりで、リフティングを始める。

「あんなことしたのは、俺が悪かったです。けど、俺はずっと同じ気持ちですから」

森島の図太さにはつきあいきれない。第一、こんなに気が滅入ってるときに聞ける話じゃない。体育倉庫の件は決着がついたとは思っていなかったけれど、今つけなくてはいけないんだろうか。

「好きな気持ちは止められません」

森島の真剣な表情に、観念した。

「あのさ、森島」

早く僕のことなどあきらめてくれればいい。思われているほど、たいした人間じゃないのだから。

「はい」

「僕は、森島の顔、見るのもいやなんだ」

まっすぐに見つめる。

もっと早く言ってしまえばよかった。かわいい後輩だなんて言ってみても、そんなのはただの自己満足にすぎない。いい先輩でいたいなんて、思うほうが浅ましかった。

「聞こえなかった？　見るのもいやなやつと普通に話せるほど、僕は人間できてないから、もう話しかけないでくれ」

「なんで……前はそんなふうに言わなかった」

「もうやめてくれ。しつこくされるのは、正直、面倒なんだ」

ひどい言葉を吐きながら、胃が重く冷たくなっていくのを感じる。

「顔を見るのもいやなほど、森島が嫌いだから」

とたんに傷ついた目をするから、見ていられずに視線を外した。

だめだ限界。今日は、荷が勝ちすぎる。

「茂章っ」

僕は近くで様子を見ていてくれた茂章を呼んだ。

「おう！」

「悪いけど、森島そっちにまわしていいか？　気が合わなくて、最悪なんだ」

露骨な言い方に、茂章にまで眉《まゆ》をひそめられる。

本当に友達がいなくなるかもしれない。

小さくため息をつき、それでも身を翻《ひるがえ》した。

とたん、森島に後ろから叫ばれる。

「杉山先輩！　危ないっ！」

「え？」

僕は後ろから飛んできたボールをかわせず、まともに後頭部に受けてしまった。

「痛っ」

予期しなかった衝撃に、思わずグラウンドに膝をついてしまう。

「杉山先輩…」

肩を抱こうとする森島の腕を叩き払う。

「よせって言ってるだろ！　僕にさわるな！　さわらないでくれ！　もうっ、どうしてわからないんだよ！」

「おい、森島、何やってんだ。貴広？　大丈夫か？」

茂章がふっとんで来て、僕の顔を覗きこんだ。

「罰かな」

僕はジョークを飛ばそうとしたのだけれど、声が沈んでうまくいかなかった。

「…ったく、森島、おまえこんなときに…。自分のことばっか考えてるなよ、人の気持ちのわからないやつが好きだの嫌いだの、十年早い」

「でも、俺は真剣なんです」

「おまえだけが真剣に生きてると思うな。いいから、向こうで練習しろ。早く行け！」

茂章は遠くを指さして、有無を言わせなかった。

「あの……。すいませんでした」

ボールを蹴った一年生の原《はら》が、恐る恐るというふうに謝りに来る。それには手を挙げて大丈夫と応じる。

「原のせいじゃない。ボケッとしてた僕が悪いから、気にしなくていい」

「そうそう、その通り。ぶつかったのは貴広が間抜けなせいだ。けど、原、おまえはボールコントロールできるようになるために、さっさと練習に戻れ」

「ど、どうも、すいません」

日頃から練習には口やかましい茂章にカツを入れられ、原は逃げるように走って行った。

「貴広、立てるか？　肩貸すか？」

「一人で平気。朝、肘鉄くらったのと同じところに当たったから痛いけど、そんな大袈裟なもんじゃない」

僕は言葉通り、一人で立ち上がり、ジャージの土埃《つちぼこり》を払った。

「それに、これは森島にきついこと言ったから、その罰」

「そんな言い方するな」

「…チームワーク乱したな」

「いいさ、俺がフォローできる範囲だ」

「ごめん、茂章」

「森島は、もう仕方ないだろ。続くようなら、結局ピシッと言わなけりゃならなかったし、俺が言うか貴広が言うか、結果は同じだ。多少は空気、重くなるさ」

僕は黙ってうなずいた。

「だいたい貴広を甘くみるやつが悪い。愛想のよさとか、綺麗な見てくれとかにだまされるのはやっぱりそいつが悪い」

「僕がおっかないみたいな言い方だな」

「貴広はおっかねーよ。天下の高木先輩が頭上がんないくらいだもん」

たとえが悪いと、僕は軽くにらむ。

「…まあ、俺は優しい部長様だからさ、今日はもう帰れよ。早退許す」

今日だけ優しい部長が、無理をするなと言ってくれた。

「悪いけど、あとのことよろしく」

「任された」

意地を張っても、練習を続けるだけ無駄な気がした。

歩きだそうとすると、もう一声かかる。

「仲直りしろよ」

誰とは言わないけれど、高木先輩を示唆《しさ》されたことはすぐにわかった。

僕は軽く手を挙げて、茂章に応える。

そうして、心配してくれる茂章の視線にさえ神経質になりながら、よろめくようにグラウンドの外へ出たのだった。


一日休むと癖がついてしまい、ズルズルと続けて部活を休んだ。

学校から早く帰ってくる日が続いて、部屋に閉じこもりがちになった。かといってやることもないから、気づくとぼうっとしている。

その晩、なにげなくテレビをつけたら、スポーツニュースが目に飛びこんできた。

そういえばサッカーのアジア大会が始まっているはずだ。まだ予選リーグの時期だから、安心して見ていられるけれど。

なかなかサッカーの情報にならずに焦れそうになったとき、特集のコーナーに移った。

『サッカー日本代表、惨敗の理由』

僕は、特集のタイトルに目を見開く。まさかとショックを受けながら、食い入るように画面を見る。

優勝候補だった日本代表が予選で敗退した理由を、テレビの解説者は、外国人監督の若手選手の起用に問題があったと指摘していた。特に高木先輩は叩かれていた。これから育って欲しいと言いながらも、これでもかと言うくらいこきおろしている。精神力に欠けていたと、年配の人が大好きな言葉も飛び出し、さらっとだけど、サッカーに関係ない生活面の話、つまり僕とのことも触れられた。

僕は最後まで見終わらないうちに立ち上がり、階下の母さんのところへ行った。

うちの母さんはミーハーな上に、僕よりずっとマメな人だから、高木先輩の活躍記事を全部スクラップしている。

「母さん」

「なぁに？」

「高木先輩が、アジア大会の予選で負けたって、テレビでやってた。僕、なんとなく見すごしてたけど、母さん試合見てた？」

「見てたわよ、残念だったわ。高木くんはよく頑張っていたけど、活躍とまではいかなかったわね。全体的なチームの構成に問題がありそうな感じだったし、まあ、そういうこともあるから、仕方ないわよねぇ」

「高木先輩ってこのごろ、調子悪そう？」

「何言ってるの？　お母さんより貴広のほうが詳しいんじゃないの？」

「遠征中だからってわけでもないけど、変に騒がれ出してからあんまり電話してないし」

「そう、ね。貴広は学校行ってるから見れないけど、お昼のワイドショーにも高木くん出ちゃってるわよ。お母さん、あなたのことが出ないかドキドキしながら見ちゃうもの」

「僕出てるの？」

　ギョッとして尋ねる。

「今のところ出てないわ。高木くんが、なんとかかわしてるっていうか、…高木くんってみんなの期待の星じゃない。大事な時に潰したらいけないと思われてるみたい。それに相手が高校生じゃ、名前も顔も出せないって、そんな感じね」

「それで、母さんは、僕に何か言わないの？」

　僕は今まで、つきあってるとはっきり言ったことはないけれど、薄々は知っていたはずだ。ましてて、こんなふうに騒がれたら、さすがにどんな放任主義の親でもわかるだろう。

「何か言って欲しいの？」

「そういうわけじゃないけど」

「じゃあ、言うわ。お母さんね…」

　急に母さんが姿勢を正す。

「高木くんって、とてもいい子で好きよ。サッカー選手としてじゃなくても、とても魅力があるわよね。だけど、それ以上に貴広が好きなの。言ってる意味わかる？」

つきあいをやめろということかと、はっきりと尋ねてみる。

「何言ってるのよ、あなた言ったって聞かない子でしょう。そうじゃなくてね、今までは、お日様の下でのびのび育って欲しいと思ってたけれど、方針を変えることにしたの。日なたに出て行かなくていいから、後ろに隠れても鉄砲には当たらないでね」

「母さんこそ、何言ってんの？　そんな、戦争にでも行くような言い方、笑っちゃうよ」

僕は拍子抜けしてしまった。

真面目《まじめ》なのか冗談なのか、わかっているのかいないのか、どこかネジが抜けているような人だ。

「自分を守ってね。だめよ、やけっぱちになったら」

僕はとりあえず、笑いをひっこめて、わかったと答えた。

見守っていてくれた人に、心配をかけていたことを、少し反省した。


教室では孤立無援になっていた。

何かと話題の多い僕に積極的に声をかけてくれる人はいなかった。正直、薄気味悪いと思われている節もあった。

村瀬とは僕のほうから顔を合わせないよう気をつけていた。

サッカー部の本木《もとき》は同じクラスだったけれど、それほど親しいわけでもない。

まあ、いいかと、休み時間だけれど、教科書を開いた。

このごろだめかなと、思い始めていた。

『貴広、そんなに気にすんな。たかが新聞、たかが週刊誌、そうだろう？　ささいなことじゃないか』

『ささいなこと？　ああ、そうでしょうね。あなたは、結果を出せば納得させることができるんだから、ささいなことでしょう。それじゃ僕は？　僕はただの高校生だ。学校っていう狭《せま》い世界の生活の中で、目に見える結果を出せることなんてないに等しい。そういう状況で、僕はどうやって周囲を認めさせればいいんです。僕だって頑張ってるんだから、うるさく言わないでくれって、どうやって伝えたらいいんですか？　それとももう少しなんだから、我慢していろって？　僕はね、あからさまに中傷されるのも、遠巻きにされるのも御免です』

『貴広が神経質なのは前からだけど、人の目を気にしてどうするんだ。いちいち気にしてたらそれこそ身がもたないんだぞ』

『先輩は人のことなんて気にならないんですよね。自分が何でもできると思っている。思い通りにいくと思っている。どうにかすることができると思ってるから、すべて都合のいいようにしか考えなくて、そういうの何て言うか知ってます？　傲慢《ごうまん》って言うんですよ』

『おい、なんでそんな怒ってるんだ？　取り越し苦労だぞ、大丈夫だって、たいしたことじゃない。ほら、いいかげんに機嫌直せよ』

動じていない高木先輩にカッとした。いつも気に病むのは僕で、本当にこの人は露ほども気にしない。

『これからもこういうことってあるんだ。僕にはとても無理だから、もっと物分かりのいい大らかな人を見つけてください』

とっさに言ってしまった。

『貴広、いいかげんにしろ！　そういうこと言うな！』

『……よりどりみどりなんだから。あなたを熱心に応援してくれる女の子達…マンションの前にまで来ている、あの子達の中から好みの子を選べばいい。それとも男がいいのなら、それこそたくさんのサポーターのうちの誰かを誘ってみたら？　案外落ちるかもしれないですよ。僕がそうだったみたいにね』

そこまで言ったら、ぶたれた。

馬鹿なことを言ったのだから、平手で叩かれるくらいは当然だと思ってみても、この人は僕を叩くんだと、ショックを受けた。

『さよなら』

僕は頭に血が上っていたのだと思う。捨て台詞を吐いて、飛び出してしまったのだった。

これが、アジア大会へ行く前日に交わした僕達の会話のすべて。

本当に馬鹿みたいなこと言ってしまった。けれど、危惧《きぐ》していた通り学校で僕は微妙な立場になってしまったし、高木先輩のほうはもっと悲惨なことになっている。

ケンカして、傷つけ合って。

ついこの間まで、仲がよすぎると、からかわれていた僕達。全然、仲よくなんかない。

大切にしたかった。やっと僕は人を好きになることを覚え始めて、きっとかけがえのないものになると思っていたのに。

これが、優しい関係の結末かと思うとやるせなくて仕方ない。

突然のように流れてきた校内放送に、僕は我に返った。

『3年D組、杉山貴広、至急校長室まで来るように。繰り返す…』

呼び出しなんてうんざりだけれど、どうせ昼休みにやることもなかったから、僕は校長室へ向かった。

放課後のグラウンドで一人でアップのランニングをしていると、途中から茂章に並走される。

「貴広、気の抜けた走り方してんな。練習に出て来るのも三日ぶりだし、たるんでるぞ」

「ごめん」

素直に謝ると、仕方なさそうな顔をされる。

「で？　昼休みの呼び出しで、なんか言われたのか？」

「学校に何件か取材が来たんだって。全部断ったから、雑多なことに惑わされないように、自覚を持って卒業していくようにって」

「なんだそれ。恩着せがましい言い方しなくても、うちの学校、もともとマスコミシャットアウトじゃん。『学問の場は常に自由な立場を守る』とかなんとか」

「僕には『生徒の人権を守る』とか言ってた」

僕達は、いくらなんでも大袈裟な言い回しだと笑った。

「ったく、それにしても、呼び出し方考えて欲しいよな。校長室に呼び出しなんて、不名誉っぽいのにさ」

いまさらだと、僕は軽く目を伏せた。

「でも、推薦のほうはだめかもしれない。今から勉強したんじゃ、大学入れないだろうな」

つい弱音が漏れる。

「だめなら……、だめなら浪人って手があるだろ。落ちたって死ぬわけじゃないんだ、落ちこむなよ」

茂章は、縁起の悪いことを言って、僕を笑わせてくれた。

「高木先輩は知ってるのか？」

とうとつに名前を出される。

「推薦のこと？」

「馬鹿、それは今日の話なんだから知ってるわけないだろ。そうじゃなくて、貴広が学校で殴られたり、シカトされたり、居心地悪い思いしてるってこと。知らせてないのか？」

僕は答えられずに口をつぐんだ。

高木先輩が帰国しているのかどうかも知らなかった。

「もしかして、全然言ってないのか？」

驚いた顔をしている茂章に、苦笑してみせる。

「……僕さ、少し高木先輩と離れたほうがいいかと思うんだ。僕が学校で大変だからっていうわけじゃないいんだけど。…正直言うとそれもあるけど、高木先輩なんて、僕以上に騒がれて最悪な状態だし、このまま騒ぎ大きくしていってもいいことないから」

「貴広、それは高木先輩に言ったか？」

「だから、連絡取ってないんだって」

茂章はため息をついた。

「貴広って、もともとそうなんだよなぁ。ホント、相談してこないやつだったけどさ。……ちょうど一年前くらいだっけ、高木先輩とつきあい出す前くらいって、けっこう揉めてたんだろ？　貴広すげーピリピリして、高木先輩の名前も急に出さなくなったし、逆になんかあるなってピンときたもんだよ。……俺はさ、相談されたときあせんないように、心の準備したり、対処の仕方をパターンごとに勝手に考えてたりして、待っててやったんだぜ。結局、今まで一度も相談なんてされなかったんだけど」

何を言い出すのかと、じっと見つめる。それじゃ、最初から筒抜けだったというんだろうか。

「…とにかく、貴広はいつも一人で頑張っちゃうやつだけど、今回は考えもんだぞ。気持ちはわからないでもないけど、一人で全部考えて、結論出して、いきなり離れようとか言うつもりなのか？　それとも何も言わないまま、勝手に離れるつもりなのか？　どっちにしても、それってされたほう、すげー、やだと思う。やだっていうか、さみしい」

「…………」

「電話だけでもしろ。な、そうしろ」

「茂章」

「いっつもラブラブでさ、勝手にやってろって感じなんだけど、でも、ちょっとは応援してたんだぞ。みんなそうだぞ。簡単にはあきらめんなよ」

僕は茂章の言葉を黙って聞いていた。

ありがたいと思う。僕達の関係を静観して、応援までしてくれているとは思っていなかった。だけど、好きだからというだけで、何もかも片づけられない状態だよ。

好きだけど…。

僕はゆっくりと息を吸いこみ、吐き出した。

…疲れちゃったな。

学校から帰って来ると、このところいつもするように、僕は自室のベッドで仰向けに寝転がった。

今はいろんなことが苦しくて、この苦しみから早く解放されたいと望んでしまう。それは、あの人と離れることしかないと、僕は考えていた。

いつの間にうとうとしたのか、突然、母さんに呼び起こされた。

「貴広、電話よ」

「誰?」

寝ぼけながら、尋ねる。

「高木くん」

名前を聞いたとたん、跳《と》び起きる。

寝起きの悪い普段が嘘のように、いっぺんに目が覚めた。

心臓がいきなりのように激しく脈打っていた。震《ふる》える手を抑えながら、二階の廊下にある電話の子機を取った。

『もしもし、かわりました』

『貴広、俺』

『はい』

『ちょっと、出て来れるか？』

『……今、どこに？』

『近くにいるんだ。小学校の前』

猶予《ゆうよ》のなさに、僕は息を呑んだ。

『出て来れるか？』

もう一度聞かれる。待ってるからとも言われた。

胸苦しさに、僕は受話器を置いた。

部屋に戻って、着替えをする。

会いに行く。会って、それから……。

ゆっくりと階下に行き、玄関に出て来た母親に、出かけてくると一言。

小学校までの坂道を、ことさら時間をかけて下った。

校庭は真っ暗闇《くらやみ》で、何も見えない。校舎の青い非常灯が、かすかにその存在を示しているだけ。

「貴広？」

暗闇から声が響く。

「どこです？」

呼びかけると陰《かげ》が動いた。

走ってくる足音。近づいてくる。

少し距離を取って、高木先輩は立ち止まった。

「久しぶりだな。二週間ぶり、か」

アジア大会の前に会ったきりだから、そのくらいだった。

もっと会わないこともあったのに、距離が縮まらなくて、お互いにしばらく沈黙した。

「少し、歩きましょうか。夜の学校ってなんだか惹《ひ》かれませんか？」

僕は先に歩き出した。気配で高木先輩がついて来るのがわかった。

「ここの小学校に通ってたんです。この辺って、新興住宅地だからこの学校も歴史が浅くて、僕は三期生なんです。この裏にプールがあるんだけど、まだ僕が通っているころは完成してなくて……ほら、あった。ここ、ここ。このコンクリートのブロック塀をね、登ってよく覗いてた。早く水を張ってくれないかなって、物欲しそうに見てた。結局、泳げなかったなぁ」

僕はプールを囲うブロック塀を見上げて言った。

なぜかつまらないことで、饒舌《じょうぜつ》になっていた。

「プールサイドに行ってみましょうか」

僕は確認も取らずに、ブロック塀をよじ登った。

「危ないぞ」

「大丈夫」

難無くプールサイドに下り立つ。

「先輩はこっちからどうぞ」

僕はフェンスになっているところにまわりこみ、高木先輩を誘った。

じっと見つめられる。かと思うと、高木先輩は軽い身のこなしでフェンスを越え、プールサイドに着地した。

「ね、ちょっといいでしょう?」

水面を見つめながら、僕は言った。

ときおり、街灯の明かりが反射するのか、きらりと揺らめくのが美しい。

「暗いな」

「そう?　でも、とても綺麗だ」

僕はしばらくじっと見入っていた。

「来ないかと思った」

ため息のようなつぶやきで、高木先輩が話の口火を切る。

「……貴広に言われたこと、考えた」

僕はなおも水面を見つめていた。

「俺は自分がいったんこうだと決めると、融通《ゆうずう》が利かなくなって、周囲が見えなくなる。そういうのって、今まであんまり気にしたことなかったけど、結構危険なことだったんだな。結局、人の意見を聞かないってことだし、おまえに傲慢だって言われても仕方ない。ちょっと今、騒がれてることにしたって、俺にとってはちょっとでも、貴広にとってはそうじゃない。ささいなことかどうかは人によって違うだろうに、確かに勝手なこと言った。悪かった」

沈黙を続ける僕に、高木先輩は再び口を開いた。

「これだけは確認しときたい。俺達がつきあうのって、悪いことじゃない。そうだよな？」

僕が二転三転している間に、高木先輩は何を思っていただろう。同じように暗い溝にはまっていただろうか。

「……僕にはわからない」

ありのままを言ったつもりだった。

高木先輩は意外そうに僕を見つめ、口を閉ざした。

本当にわからなかった。ものの善し悪しはともかく、僕は自分がこの人とつきあっていてもいいものか、またはその逆も、それを考えていた。

「だめになるのはいやです。何もかも、何もかもだよ。茂章みたいな仲間も、村瀬みたいな友達も、牧口みたいなクラスメートも、ただの知り合いだって、僕には必要で、みんな大切で…」

僕はそれまで閉じこめて来た、漠然《ばくぜん》とした不安、何もかもなくしてしまうんじゃないかという恐怖が襲ってきてしまい、こわいと、高木先輩を見た。

「学校で、何かあったのか？」

「………こんな恋は必要でしょうか？」

「苦しい、のか？」

問いかけに、黙ってうなずいた。

「そんなの、知らなかった」

つぶやくように高木先輩は言った。

やはり僕は彼より弱いのだと知った。

僕は自分の気持ちを持てあまして、何かを振り切るように、頭から水に飛びこんだ。そのまま沈んでいって、底に触れた。服の重みでうまくは泳げなかったけれど、それは関係なかった。水は冷たくて、いっそ気持ちよかった。

あとからあわてて飛びこんで来た高木先輩に、捕まらないように水を搔《か》くけれど、半ば無理やりひき上げられた。

「貴広！」

「やけになったわけじゃないから。少し、泳ぎたかっただけ」

肩で息をしながら言う。

「そんなにあわてなくても、ほら、腰までしかない」

　僕は水位を指して笑った。

「泳ぐ季節でもないだろっ！　いきなり飛びこんだら、びっくりするだろうが！」

　あまり真剣に怒るから、僕は素直に謝った。

「無茶するなよ。そんなに苦しいなら、貴広のいいようにするから、どうしたいのか言ってくれ」

「少し、離れていたい」

　僕は自分の声を遠くで聞いていた。

　そう、少し離れていたい。苦しいから楽になりたい。

「……少し、離れていたいんだな」

　高木先輩は、僕の言葉を繰り返した。ぞっとするくらい、暗い声だった。

　僕から背を向け、けれど、すぐに向き直ってくる。

「どうしてなんだよ！　なんでだ！　どうして別れなきゃいけない？　わかんねーよ！　だって、俺のこと好きだろ？　なんとか言えよ！」

　激したように、肩を揺さぶられる。

　足がもつれるほど激しく揺さぶられ、僕は体勢を崩して水の中へつんのめった。

　水を呑んで、ゲホゲホとむせってしまう。こんなふうになる高木先輩がこわくて、あせるあまりよけいに咳《せ》きこんで。喉《のど》をヒューヒューさせながら、僕はごめんなさいと謝った。

「悪かった。……大丈夫か？　ごめん」

あわてて水からひき上げられると、胸に抱き寄せられ、背中を叩かれる。

僕が大丈夫だと言っても、高木先輩は自分がしたことを責めていた。

「わかったって、言ってやりたい。高木先輩は自分がしたことを責めていた。貴広の望むようにしてやりたい、本当に思ってるんだ。けど、今は言ってやれないから、…もう少し考えさせてくれ」

高木先輩は切れ切れに言いながら、苦しいというように、自分のシャツの胸元を掴んでいた。

怒らせて、傷つけて、そんなことばかりしている……。

つながれた手をそのままに、濡《ぬ》れ鼠《ねずみ》で家へ戻って行く。

家まで送ってもらいながら、僕は苦しいばかりで、もうどうしたらいいのかわからなかった。

家の前で、さよならと言いかけ、遮《さえぎ》られる。

高木先輩は、ポケットからすばやく何かを取り出した。

「これ、明日のチケット。等々力《とどろき》なんだけど、融通してもらったから、来てくれないか？」

「先輩、僕は…」

高木先輩は、僕に押しつけるようにその場を去った。

ずぶ濡れになったチケットを、僕はいつまでも見つめていた。

次の日の夜、僕は等々力競技場に来ていた。

目立たない位置にある座席に、気を遣ってもらったことを知る。

午後七時のキックオフで試合が始まると、フィールド上を動くボールではなく、高木先輩だけを自然と追いかけていた。

高木先輩は本当にサッカーが好きなんだな。

誰より楽しそうにプレーをして。そんなに笑ったら、へらへらした軽薄な人だと誤解されてしまう。本当は、一生懸命な人なんだから。

朝は必ずロードワークをしているし、同じクラブの先輩Jリーガーに推められて週二回のジム通いも始めた。試合やクラブの練習以外にもたくさんの努力をしていることを、観ている人はわかってくれているだろうか。

僕は、顔の前で両手を組み、祈るような格好でじっと見つめていた。

ボールキープ、ドリブル、ドリブル。

高木先輩は、外国人選手の激しい当たりにも負けなかった。

ますます逞《たくま》しくなっていく体格は、体重は七十九キロ、身長はまだ伸びていて百八十八センチある。六月二日生まれの、O型。

食事は和食より洋食が好きで、怪しげな民族料理にも食指を動かす。服装は割と頓着《とんちゃく》がないほうだけど、堅苦しくないラフな格好を好む。女の子とつきあったことがあるかと尋ねたら、しばらく沈黙してからあるって答えてたっけ。別に僕は気にしないのに、言いにくそうにしているから笑ってしまった。返された質問に、あると答えたら、むっつりしちゃって、本当におかしかった。

この一年の間に覚えたことを、僕は一つ一つ挙げていって、楽しんでいた。

そして、夢は世界で活躍すること。

実際、そうなのかもしれない。誰かが言っていたことを思い出す。十二分に望めば、そのうちの八分くらいは叶《かな》うのだと。それくらいの可能性が人間には秘められているってこと。

高木先輩は、夢の実現のさせ方をよくわかってる。自分の力で掴み取るものだということもわかっている。

全部手に入れようと、強く望んで努力する。傲慢だけど……惹かれてやまない。

僕は、急に胸が苦しくなって、うつむいた。

どうしたらいいのか、こんなはずじゃなかった。

…こんなはずじゃなかった。僕はここに来て心積もりはできていた。もう、決まったと思っていた。

たくさんのものを失うのは耐えられない。僕を取り囲むまわりの人や物がいざ離れてしまうとなったら、自分をなくしてしまうかと思うくらいあせって、こわくなった。だから、これを手放すつもりでいた。

楽になりたかった。それなのに……。

こんなに好きになっていたのかと、愕然《がくぜん》とそこを走っている人を見つめた。

ただ、サッカーを楽しそうにやっているだけの高木先輩。

フィールドにいる誰より楽しそうな、キラキラしているあなたの姿を見ていると、こんなにも満ち足りて幸せになる。

調子はまだ悪いみたいで、惜しいシュートを外してしまうけれど、それでも存分に格好よかった。


いやというほど彼を好きだと知らされた試合は、定刻通り九時に終わった。

大きな人波に流されるように座席を立つ。競技場の外へ出ると、ひときわ大きな人だかりができているところがあった。かなりそばに来てから、選手の乗りこむバスの存在に気づく。

大勢のサポーターを警備員が制止しながら、選手を送り出す。そんな光景があった。

僕は人だかりの後ろのほうで、次々に乗りこんで行く選手達を見送っていた。

選手通用口から出て来た高木先輩が、軽く手を挙げ、サポーターに応えながら歩いて行く。

僕は、流れていく人波に呑まれてしまいそうになりながら、必死で立って彼の姿を追っていた。

そのとき、ふと高木先輩が僕のほうを見た。どういうわけか、大勢の中から僕を見分けた。そして、こっちに向かって歩いて来た。

僕は一瞬、呆然《ほうぜん》として、すぐに首を振った。

だめです、来ちゃだめだ。

首を振って、手も振った。

それでも、高木先輩はまっすぐに歩いて来る。困惑する警備員の制止も振り切って、人混みの中へ入って来る。熱狂して押し寄せて来ようとするサポーターをかわし、左右に振り分けながら歩いて来る。

僕は高木先輩が押し潰されてしまうんじゃないかとハラハラしながらも、後ずさっていた。

「貴広！」

名前を呼ばれ、とうとう腕を摑まれる。僕は情けない声で、どうしてこんなことするのかと叫んでいた。

「どうして来ちゃうんですか！」

言ったとたん、何がどうしたのか、体が宙に浮いた。

抱き上げられて、そのまま荷物のように肩にかつがれる。そうして、高木先輩は走りだしたのだ。

目の前のサポーターとバスがぐんぐん遠ざかって行くのを、僕は半ば呆然と見ていた。

「降ろして」

「いやだ」

「どうして、あなたはこんなこと……」

馬鹿みたいなことをするのかと、最後までは言えなかった。

「……先輩、本当にこの格好苦しいから。自分で歩く」

「逃げないか？」

「逃げないから」

本気で頼んで、ようやく降ろしてもらう。

人影は多かった。

「信じられない人だよ」

僕は、高木先輩の肩の骨が当たって痛かったあばら骨をさすった。

欲しいものは欲しいと言い、強引でもなんでも手に入れる。初めから譲らない人だった。

「こういう人前に引きずり出すみたいなの、一番嫌いだってわかってるんだけど、おまえ見つけたら、どこか一人で行っちまいそうな顔してて。俺はそんなのいやだ。よく考えてみても、だめだった。別れないからな、俺は別れない！　俺、サッカーは捨てられるけど、おまえは手放せない！」

「そんな、馬鹿なことを言って…」

「俺、サッカーやめて、貴広攫《さら》って、どっか遠くに行ってもいいって、考えてる」

こんなことを言ってしまう人。馬鹿だよ。

「捨てられるわけないじゃないですか」

つぶやきながら、僕自身、もう何もいらないと答えそうになっていた。

「俺は本気で言ってるぞ。それでも、いやか？　だめなのか？」

夜の闇をさまよっていた。

いいと、答えたら苦しむだろうに。また同じことで苦しんでしまうだろうに。いろんなものをなくしてしまうだろうに。

それでも、どうしようもないくらい、あなたが好きだ。大好きだよ。

崩れ落ちる自分を感じながら、アスファルトに座りこむ。

まわりにたくさんの人がいるのを知りながら、僕はとめどなく溢《あふ》れる涙を止められなかった。

こんな破滅的な恋はどこかへやってしまいたいと本気で願いながら、手を伸ばした。

「もう戻れないんだね。あなたに会う前の僕には戻れない。あなたがいないと僕は生きていけな……」

抱えこまれるように抱かれ、一緒に座りこみ、激しい奪うようなくちづけに言葉は消された。

勢いあまって、アスファルトに押し倒される。激しすぎて、ぼろぼろになっていく。

「そばにいてくれ」

あなたが、逃がしてくれない。

「どこにも行かないでくれ」

追いかけて来るくせに。

「愛してるんだ」

追いかけてくる、あなたに捕まった。完全に僕は捕まってしまった。

……愛が奪われていくのは、こんな感じか。

めまいがした。とても甘いめまいだった。

あとがき

うきゃー、熱視線です。

あからさまなタイトルや、その他もろもろの恥ずかしさに、落ち着かない気分なのですが、まずは手にとってくださって、ありがとうございました。

このシリーズ連作は、１９９３年の暮れから翌年に渡って、同人誌で書いたものです。

こうして広く発表できたことを、Chara編集部のお姉様方と、当時から今日までお手紙をくださった読者の皆様に感謝いたします。

文庫にしていただくにあたり、多少の手直しをいたしました。そして、その手直しの最中、何度うきゃーと叫んだことか。

なんたって、ラブラブです。ワタクシが書いた小説の中で、一番いちゃいちゃしてる二人が出てきます。特に、高木《たかぎ》先輩は貴広《たかひろ》にぞっこんです。ぎゅーっとして、コイツ俺のもんって絶対離そうとしません。

貴広は聡《さと》くて、小綺麗《こぎれい》な、普通に感じのよい高校生というふうに書いたつもりですが、高木先輩に言わせると、めちゃくちゃカワイイとか。とにかくカワイイとか。なにもかもカワイイとか。このセンパイは、愛情が過多みたいです。過ぎたるは及ばざるが如しって昔の人が言ってるのに、貴広は幸せになれるのでしょうか。心配です。

そんなわけで好きな作品です。皆様に楽しんでいただけるよう愛をこめたつもりなのですが、もう手が離れてしまったので、あとは草葉の陰《かげ》からお祈りするだけです。

どうか、気に入っていただけますように。

文庫のイラストを引き受けてくださった夏乃《かの》あゆみ先生、高木を特に素敵に描いてくださって嬉しかったです。それから、制服フェチの私は、かわゆい制服にうっとり。もはや骨抜き状態です。どうもありがとうございました。

同人誌のときのイラストの九条《くじょう》ＡＯＩさんにも、どうもありがとう。

担当のお姉様には、いつもながら感謝を込めて、チュッです。

最後に、今年の全国高校サッカー選手権大会のキャッチフレーズは、作品の中でもチョロリと出しましたが、「サッカーと生きていく」でした。強い意志の中にもキラキラした夢があっていい感じ。それに比べて「小説と生きていく」なんて言ったが最後、なんだか死んじゃいそうなイメージになりますが……だとしても、断じて書いていけたらいいと思うのです。

皆様、この本を読んでくださいまして、本当にありがとうございました。またお会いできますように。

この本を読んでのご意見、ご感想を編集部までお寄せください。

《あて先》〒105－8055　東京都港区東新橋1－1－16　徳間書店　キャラ編集部気付
「篠　稲穂先生」「夏乃あゆみ先生」係

■初出一覧
熱視線……個人誌より、加筆・修正して書き下ろしました。

熱視線

【キャラ文庫】

2001年4月30日 初刷

著者 篠 稲穂
発行者 秋元 一
発行所 株式会社徳間書店
〒105-8055 東京都港区東新橋1-1-16
電話03-3573-0111(大代表)
振替00140-0-44392

印刷 大日本印刷株式会社
製本 宮本製本所
カバー・口絵 近代美術株式会社
デザイン 海老原秀幸
編集協力 三枝あ希子

ISBN4-19-900179-4

好評発売中

篠 稲穂の本

【ひそやかな激情】

イラスト◆穂波ゆきね

誰よりも大切で大好きで…でももう彼のそばにはいられない。挨拶のキスは僕には特別な意味を持ってしまったから──。生徒副会長のナミは、幼なじみの範智《のりとも》と距離を置こうと決心する。ところが範智に、部活の先輩とのアヤしい噂が急浮上!! 密かに動揺するナミに、範智は噂なんか知らぬ気に、いつもの遊びの触りっこをしてくるけど…!?　初恋ピュアロマン♥

好評発売中

篠 稲穂の本
【草食動物の憂鬱】
イラスト◆宗真仁子

バスケ部の一年生・松江直樹《まつえなおき》は、緊張すると拒食症になる体質。ある日、憧れの主将《キャプテン》の励ましの一言で持病が再発!! 学校で倒れてしまった直樹を助けてくれたのは、保健委員長の穂高《ほだか》だった。「一緒にリハビリしてあげる」と優しく言う彼は、親切で頼もしくて、少しイジワル。そんな穂高と毎日放課後を過ごすうち、直樹はいつしか心を奪われてゆき…!? 学園スイート・ラブ♥

好評発売中

篠 稲穂の本

【禁欲的《ストイック》な僕の事情】

イラスト◆桃季さえ

男子高に通う志麻《しま》は、実は大の男ギライ。校内で落ち着けるのは、物静かできれいな尚衛《なおえ》先輩のそばだけ。なのに男らしくてカッコいい応援団の団旗持ち・茨城《いばらき》先輩に「好きだ」と迫られちゃった。逃げたくてワガママ放題の志麻に、茨城はとても優しい。尚衛とつきあってることにして断ろうとしても、茨城は全然、諦めてくれない。それどころか、いきなり押し倒されちゃって!?

キャラ文庫最新刊

ささやかなジェラシー
桜木知沙子
イラスト◆ビリー高橋

カッコイイと評判の下級生・清水《しみず》から告白された英介《えいすけ》。とりあえず「お試し」としてつきあい始めたけど？

熱視線
篠 稲穂
イラスト◆夏乃あゆみ

尊敬するサッカー部の先輩・高木《たかぎ》に好きだと言われた貴広《たかひろ》。返事に迷ううち、高木は煮詰まってしまい…!?

blue ～海より蒼い～
染井吉乃
イラスト◆夢花 李

茶道の家元の跡継ぎとして育った高校生の真咲《まさき》。海で溺れた彼は、青い目をしたヒロに助けられ…。

億万長者のユーウツ
桃さくら
イラスト◆えとう綺羅

超ビンボーな晶吾《しょうご》に10億の遺産が転がり込んできた！　相続する条件は意地悪な義兄と同居すること～!?

5月新刊のお知らせ

- ［厄介なDNA］／朝月美姫
- ［愛の戦闘《たたかい》　GENE6］／五百香ノエル
- ［午後の音楽室］／榊 花月

5月26日(土)発売予定

お楽しみに♡